スパダリ御曹司の一途な策略婚

～甘すぎる秘夜からずっと寵愛されています～

m a r m a l a d e b u n k o

橘　柚葉

マーマレード文庫

目次

スパダリ御曹司の一途な策略婚
~甘すぎる秘夜からずっと寵愛されています~

スパダリ御曹司の一途な策略婚

〜甘すぎる秘夜からずっと寵愛されています〜

プロローグ

──あのときの人だ！

ここは初めて訪れるバーだ。落ち着いた雰囲気に、少々緊張する。

結婚式の三次会に参加後、なんだか家に帰りたくなくてフラフラと店に入ってしまった。

私には似合わないシックな空間。一杯だけカクテルを飲んだら出ようか。

そんなふうに思ったそのとき、カウンターに座っている男性を見て、心臓が高鳴ってしまう。

数ヶ月前、私は目の前の麗しい男性に会ったことがある。

とはいえ、話したわけでもなく、見かけただけというのが正しい。

最初は、いけ好かない冷酷なとんでもない男だと思った。しかし、それは本当の彼の姿ではなかったのである。

とても真面目で、誠実で、だけどとびっきり優しく包容力がある男性だったのだ。

頼れる大人の男性。そんなイメージを抱き、憧れに似た感情を持ったのだが……。

今の彼には、あのときのような凛《りん》とした強さは皆無だ。

私は、彼から目を離せない。それは、容姿端麗な姿に見惚れていたわけではなく、無茶なお酒の飲み方をしているからでもない。

男の人が背中で泣く姿を初めて見たからだ。

「っ……！」

ジッと彼を見つめていた私に、その男性が気がついてしまった。

視線がそらせない。彼の目が悲しみや絶望、やるせなさを浮かべていて胸が苦しくなる。

この瞬間。私の心は、彼の何もかもに興味を持ってしまったようだ。

今にも崩れ落ちてしまいそうな彼を守ってあげたいと庇護《ひご》欲《よく》を抱いてしまったのだろう。

今夜は、いつもの自分ではあり得ないことばかりをしている。

だけど、たまにはそんな夜があってもいい。

言い訳めいた考えが脳裏を過《よぎ》った時点で、やっぱり今夜の私はナーバスになっているのだと思う。

何か悲しい出来事があったであろうセクシーで大人な男と、周りの幸せを喜びながらもこの世で寂しい人間は私一人だけなのではないかと孤独に震える女。

お互いが惹かれ合うように、求めるように。気持ちが寄り添った気がした。

頭で考える前に、私の口はいつもの自分ではあり得ない言葉を紡いでいたのだ。

「──私が忘れさせてあげましょうか?」

1

七月初旬の金曜日。私の悲痛な声が零れ落ちた。

「今回も出会いはなかった……」

私、鈴川真凜《すずかわまりん》の悲痛な声が雑踏に微かに響くが、誰も足を止めて声の主を見ようとはしない。

視線を向けられても困るけれど、誰にも見向きもされないのも寂しいと思ってしまう。

百六十センチで標準体重、まぁまぁなプロポーションを維持できているのは、昔からスポーツが好きで今も暇があればスポーツジムに通っているおかげかもしれない。

ミディアムボブの髪は、先日美容室に行って暗めのオリーブブラウンに染めたばかり。

しかしながら湿気の多い今の時期、ふわふわのくせっ毛風パーマには天敵だ。

色々な意味でごく普通な私は、都内にある広告代理店『エンサージュ株式会社』に勤務しているＯＬである。

性格的には、どちらかといえば姉御肌《あねごはだ》。いや、世話焼き好きと言った方がしっくりくるかもしれない。

元気が有り余っている、なんてよく言われる私がなんともネガティブな思考に陥《おちい》っているのは、ここずっと合コンが惨敗続きだから。

悲壮感剥き出しになってしまうのも、致し方ないかもしれない。

星が見えなくてどんよりとした空を見上げて、盛大にため息をつく。そして、これまでの自分の恋愛年表を脳裏に描いてみる。

恋人がいたのは、何年前だっただろうか。指折り数えてみたが、空《むな》しくなって止めた。

結局、自分史の恋愛年表を脳裏に広げてみても、劇的な恋をしたわけでもなければ、涙が涸《か》れるまで泣いた失恋などもない。

身を焦がして恋愛に現《うつつ》を抜かした記憶も、全《まった》くない状況だ。

恋愛に生きる！　とまでは言わないが、人並み程度には恋をしたい。

そう願って出会いの場所を求めているのだが、一向に成果は上がらない状況だ。

今日の合コンは、かなり力が入っていた。今回で絶対に彼氏をゲットしてやると息巻いていたのは三時間前まで。

男女の人数比率は同じ。順当にいけば、誰一人として溢《あぶ》れないはず。

だが、男性の一人に合コンが始まってすぐ仕事の電話が入ってしまった。

となると、男女比率が変わってくる。女性メンバーに余りが出てしまうのだ。

そうなってくると、目の色を変えてくるのは女性たちで、その勢いに私は完全に白旗を振るはめになった。

一次会ですでにカップルが確定しつつあったのに、どうして私が二次会まで付き合ったのか。

理由は、単に幹事だったから。それだけだ。

私のこの寂しい状況を考えれば、幹事の仕事は一次会まででお役御免にしても罰《ばち》は当たらないだろう。

しかしながら、元来持っている世話好きな一面が仇《あだ》となってしまった。

幸せいっぱい出来たてホヤホヤのカップルたちだけで後はどうぞ。そんなふうにやさぐれた気持ちがなかったと言えば嘘になるが、結局最後まで皆の世話を焼いてしまった。

責任感が強く、途中で投げ出せない。そんな自分の本質が裏目に出た結果、こうして侘しく一人でまっすぐ家路についているというわけだ。

現在、私は二十四歳。エンサージュに入社して今春で四年目を迎えた。最後に恋愛をしたのは、短大生の頃だ。かれこれ、四年以上は恋をしていないという計算である。

就職活動時期は、合コンなどを控えていたのは確かだ。

だが、その後から今日までは、数打てば当たるとばかりに合コンに参加している。

最近は、それだけではうまくいかないと思い、街コンにも行ってみた。

残念ながら、どれも成果は全くなし。呆れかえるほど、箸にも棒にもかからぬ状況だ。

婚活までは手を伸ばしていないが、そろそろ考えた方がいいかもしれない。

どうせ付き合うのなら、結婚を視野に入れた方がいいだろう。それなら、お見合いパーティーなどに参加するのも一つの手だ。

先手必勝ではないが、早めに行動しておくべきかもしれない。

ここまで出会いがなく恋愛もできないとなると、やはり焦りが出てきてしまうからだ。

「はぁ……。恋がしたい……」

今日、何度目かわからない言葉が、意図せずに零れ落ちてしまった。これはもう、重症だろう。

恋がしたくて仕方がないという病は、なかなかに厄介だ。猪突猛進《ちょとつもうしん》で、感情なんて二の次で突っ走ってしまう可能性がある。

こんな現状でおこがましいかもしれないけれど「とにかく出会いを！」と必死になるのではなく、ドラマチックな恋がしたい。

突然降って湧《わ》いてきた恋なんて素敵じゃないだろうか。運命的な恋、どこかに転がっているといいのだけれど。

「そう。のどか先輩たちみたいな恋がしたいなぁ……」

手塚《てづか》のどかさんは、同じ会社の先輩だ。入社して総務部に配属されてすぐ、私の教育係をしてくれた人である。

残念なことに、昨年私は営業部に異動になってしまった。

フロア階も変わってしまって、なかなか顔を見られなくなってしまったのが寂しい。

でも、時折連絡をくれてお昼を一緒に食べたりと仲良くしてくれる、とっても優しくて大好きな先輩だ。

砂糖菓子みたいに甘くてほんわかとした性格ののどか先輩は、彼女の弟である〝りょうちゃん〟――と、のどか先輩が呼んでいるシスコン激ヤバ弟くん――のせいで恋愛ができずにいた。

次から次に恋へと発展しそうな芽を潰していくシスコン弟くんをギャフンと言わせたくなった私は、のどか先輩に従兄である新甫隼人《にいほはやと》くんを紹介したのだ。

色々すったもんだがあったようだけど、二人はラブラブな恋人同士になった。

それはもう、のどか先輩と同様で恋ができなかった隼人くんが、ノロケを連発するほど仲がいい。本当に羨ましくて仕方がなくなる。

彼らのような恋がしたい。

そう思っているのに――。

「人の恋を応援している場合じゃないっつーの！」

やさぐれついでに呟《つぶや》いて、唇を尖《とが》らせた。

いくつも友人たちの恋を纏《まと》めてきた。つい最近は、隼人くんとのどか先輩の恋も応援したのだ。

そう、人の応援ばかりをして、自分のことは二の次。そんなことをしていたら、自分の人生が疎《おろそ》かになってしまいそうだ。

まずは自分の幸せを優先しよう。自分のことができないのに、他人様の助けなどしている場合じゃない。

そろそろ自分の幸せに目を向けたっていいはず。神様には今までの私の功績を称《たた》えて、今度こそは私の恋を応援してほしい。

まずは自分を応援してあげなくちゃ、自分が可哀想だ。

グッと手を握りしめて、決意を新たにする。しかし、そんな決意も、自宅に到着とともに消え失せることとなった。

「ただいま～！」

都内にある私の実家は、所謂《いわゆる》下町と呼ばれる場所だ。

周りの家々は年季が入った建物が多く、もちろん例に漏れず我が家も相当の古さを誇る。

だが、ずっと住み続けているので、ご近所さんとの結束も固い。

昨今、人と人との関係が希薄になりつつあるが、この下町では人との繋がりは濃い。

いいことではあるのだが、少々お節介焼きが多いのが玉に瑕《きず》。

そういうのを嫌がる人もいるが、今時珍しいほどご近所付き合いがあるこの下町が私は好きだ。

一週間の仕事を終えた身体は、疲労困憊《こんぱい》である。その上、そのあとの合コンでは散々な結果だったのだ。精神的な疲れもピークに達している。

パンプスを脱ごうとするのだが、浮腫《むく》んでいて脱ぎにくい。心身ともにお疲れモードだ。

はぁぁ……、と地に沈みそうな低い声で息をつきながら、バスソルトを湯船に入れて浮腫んだ足を揉みほぐそうと考える。

「ただいま」

もう一度、居間に向かって声をかけたが、返事がない。

実家には、父と双子の弟妹――卓史《たくし》、倫子《りんこ》――と一緒に住んでいる。

母は、五年前に死去。それ以降、私が母親ポジションについて家を回している。

最近ではすっかり所帯じみたなどとご近所さんにも言われ、とても複雑な気持ちを抱いているのだが……。

それでも私が切り盛りしなくては、この家は回っていかないのも事実。

こうしてお母さんの代わりをこなすようになって、親の重要性、ありがたさが身に染みた。

現在、夜十一時少し過ぎ。さすがに父は眠っただろうか。

だけど、高校生の双子は起きているはずだ。携帯を弄《いじ》っていて、こちらの声に気がつかないのだろう。

頼むから遊びはそこそこにして、勉学にも励んでもらいたいものだ。

ブツブツと文句を言えば、たちまち双子に疎《うと》まれる。

わかってはいるが、言わずにはいられないのが、母心、姉心だ。

明日の朝にお小言決定だな、などと考えつつ廊下を歩いていく。

ふと、窓に水滴がつき始めたことに気がつき、思わず叫んでしまった。

「え？　う、うそぉぉぉぉ――!?」

一気に土砂降りになって驚いたが、それより何より目の前に広がっている光景を見て絶望感を味わう。

すでに取り込んであるはずの洗濯物が、未だに物干し竿に干されている。

日が暮れてから何時間も経過しているのに、外に出たままなのはおかしい。

朝は晴天だが、夜には雨が降るでしょう。今朝見ていた天気予報で言っていたから
『学校から帰ってきたら、忘れずに洗濯物を取り込んでおいてね』と双子にあれほどお願いしておいたのに……。

洗濯物を取り込み、畳んでタンスにしまう。それは双子の仕事だ。

よくやり忘れるので、今朝は特に念を押しておいた。だが、この有様である。

色々と言いたいことは山ほどあるが、今はそんな場合ではない。

こうしてはいられない、と手に持っていたバッグを放り出すと窓を開ける。

サンダルを履《は》き、雨脚が強まっていく庭に駆け出した。

雨に濡れながら、慌てて洗濯物を取り込んでいく。すべてを取り込み終えた頃には、洗濯物と一緒に私もびしょ濡れになってしまった。

私はこれからお風呂に入るから、まだいい。だけど、雨に濡れてしまった洗濯物たちはどうしてくれよう。

「また、洗い直し決定だ……」

心身ともに疲れて帰ってきて、この仕打ち。怒る気力も消え失せるほど疲労困憊している。

とにかく濡れた洗濯物を洗濯機に突っ込んで回そう。その間にお風呂に入って、パンパンに浮腫んだ足をなんとかしなければ。

盛大なため息を吐きながら、双子には明日お説教だなと再度心に誓う。

雨で張り付いてしまったブラウスを脱ぎながら、意図せず口から飛び出した言葉はきっと私の本心だ。

「私だって、誰かに甘やかされたいのに……」

暗く重い声と気持ちは、シャワーの音に消え去った。

＊＊＊

気持ちがやさぐれた、あの日から二週間が経過。どんより雲が空を覆い、ここ最近太陽の光をろくに浴びていない気がする。

そんな天気と同じで、私は件《くだん》の合コンが未だに尾を引いていて、気持ちが浮上できていない。

最初こそ、空しい気持ちをバネにして、新しい出会いを探すぞ！　などと意気込んでいた。

だが、それは時間とともに見る見る間に萎《しぼ》んでしまう。

パンパンに空気を入れた風船が、日を追うごとに段々と小さくなり、最後にはシワシワになって見る影もなくなる、あの状況と一緒だ。

私の心は、風船の末路と同じ。シワシワでクチャクチャで、あとはゴミ箱にポイッと捨てられてしまうほど弱々しくなっていた。

月も星も見えない暗い空は、ますます私の心に影を落としていく。

現在、夜十一時。右手に胡蝶蘭《こちょうらん》があしらわれたブーケと、左手には引き出物の袋を持ってトボトボと重い足取りで駅へと向かう。

三次会が行われたカラオケ店から、地下鉄の駅までは少し距離があり、疲れた身体と心には少し辛い。

引き出物が入った袋を腕にかけ直したとき、ショーウィンドウに映っている自分の姿が目に入った。

今日は朝から結婚式に出席するために美容室でメイクと髪のセットをお願いしたのだが、一日が終わろうとしている今、かなり崩れてきている。

自分のその姿を見て、一日ずっと我慢していたため息を一つ零す。

七月下旬、大安吉日。今日は小学生の頃からの友人である景子《けいこ》の結婚式だった。

幼い頃から彼女を知っている私としては、家族のような気持ちで彼女の晴れ姿を見つめて涙ぐんだ。

幸せいっぱいの彼女を見ていたら、嬉しい反面、寂しさも込みあげてくる。

心の奥底からお祝いをしているし、幸せになってもらいたいと思っているのだ。

だけど、ちょっぴり寂しく思ってしまう。置いていかないで、と思わず言葉に出して言いたくなってしまった。

『次は真凜だよ。私、真凜は運命的な恋をする予感がしているの』

ウェディングドレスを纏い、幸せオーラを振りまいている景子にそんなことを言われブーケを手渡してもらった。

いやいや、出会いがないから。否定して首を横に振ったのだが、彼女はなぜか真剣な表情で私を見つめてくる。

『私の直感。だけど、当たるのよ。知っているでしょ？』と、どこか自信満々に胸を反らしていた。

確かに景子は昔から予言らしきものを口走り、それが見事当たるなんてこともあったことは確か。だからこその自信なのだろう。

それを目の当たりしている私としては、彼女の言葉に縋《すが》りたくもなる。

花嫁からブーケを受け取った人が、次の花嫁。そんなジンクスを信じたいところだが、残念ながらすべての人が実を結ぶとは限らない。

叶ったらいいな、ぐらいで止めておく方が、あとあと落ち込まない。傷は浅く済むだろう。

景子の予言とブーケのジンクスにあまり期待せずにいよう、とすぐに気持ちを切り替えたのには理由がある。現実を見てしまった私は、愕然としたからだ。

今日、一緒に式に参列した友人たちは、大半が恋人がいる。そして、ちらほらと結婚の話も出ているようなのだ。

それだけでもダメージが大きいのに、唯一私と同様に長い間彼氏がいなかった子が、この結婚式で彼氏をゲットしたのだ。

喜ばしい。それはわかっているし、私もそう思う。だけど、一人だけ恋人がいない私は皆から同情されて悲しくなってしまった。

真凜はかわいいから絶対にいい出会いがあるよ。そんなふうに慰めてくれたのだが、気持ちは塞ぐばかり。

でも、祝いの場だ。暗い顔と話題は似合わない。

だから、テンションを無理に上げて場を盛り上げていたのだが、やはり疲れてしまった。

「みんな、幸せそうでいいなぁ……」

ポツリと呟いた言葉には、色々な複雑な感情が詰まっている。

こんな卑屈な自分は嫌いだ。クシャクシャに丸めて、ポイッと捨ててしまいたい。

一応三次会まで付き合ったが、周りの幸せオーラにあてられて途中で出てきてしまった。

今日の主役二人はすでにホテルに戻ったから、お先に失礼しても問題なかっただろう。

他の参加者はほろ酔い状態で、もしかしたら私がいなくなったことにも気がついていない可能性がある。

苦笑しながら歩を進めていると、ふと目についたのは雑居ビル半地下一階にひっそりとあるバーだ。

店の外壁には蔦《つた》が巻き付いており、古めかしい雰囲気がする。

重厚そうなドアに、店名が書かれた小さなプレートが申し訳程度にあるだけだ。

ライトが店名のプレートに当たっているが、暖色系だがほの暗い。あまり目立たせようとは思っていないようだ。

一見《いちげん》さんお断りのような雰囲気があるバーだ。だが、私はその扉から目が離せなかった。

立ち尽くし、ジッと扉を見つめ続ける。

道に立ちすくんでいても通行の邪魔にならないほど、人の通りは少ない。

それがまた、私の孤独感をかき立てているのだろうか。足は、ゆっくりとバーに向かっていく。

普段なら絶対に一人でバーになんて入らない。それも、このバーには一度も足を踏み入れたことがないのだ。そんな冒険心は、日頃の私にはない。

堅実な道を歩くのが好きだし、普通を好んでいる。

そんな私が今、非日常をしようとしている。そのことに、驚く。

慣れないことはしない方がいい。やめておけ。そんなふうに思う反面、何だか今夜はこのまま家に帰りたくなかった。

お父さんは近所の人と夜釣りに出かけているし、弟と妹は母方の実家に泊まりがけで行っている。

寂しい気持ちで誰もいない家にいるのは、今の私には無理だ。

誰かに慰められなくてもいい。ただ、一人で静かにお酒を飲んで気持ちをリセットしたくなった。

新しい場所に飛び込むというのは緊張するが、何だかワクワクするし、いい意味でのストレス発散になるかもしれない。

私は、その重厚な扉を押して店内に入った。

カラン、とドアベルの音が響く。それほど静かな店内だ。

一歩足を踏み入れて、店内を眺める。照明は店先のライトと一緒で、必要最低限だけを照らすように暖色系の光が仄かに灯されていた。

客の顔も近くに寄らなければわからないほど。プライベートを重視している空間に、どこかホッとする。

今はとにかく他人の視線に囚《とら》われることなく、静かに心を落ち着かせたかった。だからこそ、この空間はありがたい。

きっと少しぐらい涙を流したって、他のお客さんにバレないだろう。

「いらっしゃいませ。お好きな席へどうぞ」

バーカウンター越しに、初老の男性が声をかけてきた。このバーのマスターのようだ。

ペコリと小さく会釈したのち、再び店内に視線を向けた。

さほど広くない店内にはカウンター席が五席ほど、テーブル席が二つとこぢんまりとしている。

土曜の夜だというのに、客はカウンター席に一人だけのようだ。

大人の隠れ家。そんな雰囲気のする店内に居心地がいいものを感じ、私はマスターの前のスツールに腰を下ろす。

足元に引き出物の袋を置き、その上に景子からもらったブーケを乗せていると、マスターがニッコリほほ笑んで声をかけてきた。

「初めまして、ですよね？」

「はい」

「当店にお越しいただきありがとうございます」

グラスを丁寧に磨きながら、初老のマスターは目尻に皺を寄せる。

穏やかなマスターの雰囲気にほっこりしながら、注文をした。

「度数は低めで……甘めのカクテルを。あとは、マスターにお任せします」

「畏《かしこ》まりました」

今更だが、ドキドキしてきた。思わず挙動不審になってしまう。

今まで、こんな大人な雰囲気のお店に入ったことはない。それなのに一人で入るなんて無謀すぎたか。

そんな判断がつけられないほど、今夜の私はメンタルが弱りきっているようだ。

小さく息を吐き出していると、目の前にシャンパングラスが置かれる。

「シャンパーニュ・ア・ロランジュ。シャンパンをベースにオレンジを絞った物を併せてあります。呑みやすいカクテルですよ」

「お酒に見えないです」

「ふふ、そうですね。スルスル呑めるとは思いますが、アルコールは確実にありますよ」

「いただきます」

発泡性があるシャンパンがベースというだけあって、シュワシュワと炭酸が弾ける。

オレンジ果汁の甘くフレッシュな口当たりのあと、仄《ほの》かに香るのはアルコールだ。

美味しい、と自然に喜びの声を上げると、マスターは嬉しそうに目尻に皺を寄せた。

ゆっくりとグラスを傾けていると、店内にいた客の存在を思い出す。カウンターの奥に座っていた人だ。

店の入り口からはよく見えなかったが、男性らしき人がいたはず。

チラリと左奥を見ると、そこにはやはり男性が一人座っていた。

一際目を惹く人だ。視線を外せない。

だけど、どこか危険な飲み方をしているように見えるのが気がかりだ。

何度もグラスを呷《あお》り、虚《うつ》ろな目で丸い氷を見つめている。

男性に気づかれないようにしながら、少しだけ身体を乗り出してみた。

照明の光の加減で、カウンターに座る男性の横顔がはっきりと見える。

——あ……っ！

思わず声が出てしまいそうになり、慌てて自分の口を両手で押さえた。

大人な男の色気が漂う、素敵な男性。この人を見かけたことがある。

私はあの日の出来事を思い出しつつ、彼を見つめ続けた。


数ヶ月前の出来事だ。私が勤めている広告代理店、エンサージュ株式会社が入っているオフィスビルの一階。全国チェーンのカフェに午後の仕事前に寄ったときのこと。

その日、私はお昼を食べたあと、ここのカフェオレが飲みたくなってやって来たのだ。

カフェオレをトレイに載せて空いている席を探す。

一人なので、カウンター席か二人席がいいなと思っていたら、ちょうど二人席が空いた。

ラッキーと思いながら、その席に腰を下ろす。すると、近くの席からなんとなく異様な雰囲気を感じる。

ソッと横を見ると、一席空けて向こうに男性二人が深刻そうな表情で向かい合って座っていた。

どうやら上司と部下という間柄らしき二人だが、穏やかな様子ではない。

漏れ聞こえる内容を聞く限りでは、部下の男性が何やら仕事で大きなミスをしてしまったようで、上司が部下に説明を促している真っ最中のようだ。

状況をその部下に説明させている間も、上司の男性は淡々とした様子でヒヤッとするほどの冷たさと緊張感が辺りを包んでいた。

それも超絶美麗な男性が無表情かつ真摯すぎるほどの目で、説明を続ける部下を見つめている。

決して睨《にら》んでいるわけではない。だが、美しすぎる人が真顔でいるだけで、恐怖心をかき立てられるのだとそのとき初めて知った。

眉目秀麗。そんな言葉がピッタリ合うのは、こういう人だろう。

ただ、彼を取り巻く空気がピリリッとしていて、近寄る者すべてが恐れをなしてしまうオーラを感じる。

私は背筋が凍る思いがして、肩を竦めた。

もちろん、私は彼らとは全く無関係。カフェに居合わせた、お客その1という立場だ。

ミスをしてしまった部下の男性は、私の上をいく恐ろしさを感じ取っているだろう。

部下の男性が可哀想になり、思わず応援したくなる。

グッと両手を胸の辺りで握りしめて、「頑張って！」と口だけ動かして祈った。

もちろん、声に出すのは憚《はばか》られる。だから、あくまで念じるだけだけれど。

どんなミスをしてしまったのかわからないが、それでも部下の男性には頑張ってもらいたい。

それに、何だか他人事には思えなかった。つい先日、私もミスをしそうになって上司に大目玉を食らう寸前だったからだ。

なんとかミスを回避できたのでホッとしているのだが……。

しかし、丸く収まったからよかったものの、うまく事を収められなければ肩を落としている部下の男性と同じ状況になっていただろう。

だからこそ、彼を応援したくなるのだ。

カフェオレを飲みに来たというのに、どうしても二人のビジネスマンに意識を持っていかれチラチラと視線を向けてしまう。

——あの上司の男性。本当に色気が半端ない人だわ……。

思わずおでこに手を当て、天井を仰ぎながら萌えてしまう。

冷酷な表情と雰囲気とはいえ、魅力的な人であることに違いない。

整った顔、立ち上がれば恐らくかなりの高身長であろう身体。

どれだけ上げても切りがないほど、彼を形成するパーツすべてがパーフェクトだ。

どうして神様は、こんなに素敵な男性を作ってしまったのか。

見ず知らずの私が目を離せないぐらいだから、もしかしたら他のお客さんも私と同じ状況に陥っているかもしれない。

見目麗しい上司がオフィスにいれば、目の保養になるだろう。

しかし、彼のような恐ろしい人が自分の上司だったらと考えると震え上がる。

こう言っては何だが、いくら素敵な男性でも常に冷たい視線を向けられていてはたまったものではない。申し訳ないが遠慮する。

日々めちゃくちゃ素敵な上司を見られたとしても、さすがに毎日この冷酷オーラとビームを浴びる勇気はない。

私のように思う人は、絶対にいるはずだ。部下の男性を含め、同じ会社の面々には同情をしてしまう。

ミルクたっぷりのカフェオレを一口飲む。

ミルクの甘い口溶けのあとには、コーヒーの仄かな苦みが躍る。

その余韻を楽しみながらもどうしたって耳に届いてしまうのは、ビジネスマン二人の会話だ。

意図せずとも耳に入ってきてしまう。いや、正直に言えば、聞き耳を立てている。ごめんなさい、と手を合わせて心の中で頭を下げて、再び二人に視線を向けて盗み見た。

部下の説明に耳を傾けていた、冷酷上司——と勝手に命名——は部下に向かって「そうか」と感情が見えない返事をして部下を見つめた。

その部下は冷酷上司の反応を見て、より身体を縮こまらせる。

部下の彼は、私と同世代だろう。何だか居たたまれなくなるし、やっぱり部下の彼を応援したくなる。

メニュー立ての隙間から覗《のぞ》いて、固唾《かたず》を呑む。

どんなミスをしたのか知らないが、「とにかく耐えて!」と萎縮している部下の彼に声をかけたくなってしまった。

自分の思考に、ため息が零れ落ちる。こういうところが、お母さん気質だと言われる所以《ゆえん》なのかもしれない。

弱りきっている人や困っている人を見ると、どうしても手を差し伸べてあげたくなってしまう。

たとえ、貧乏くじだとわかっていても、助けてあげたくなってしまうのだ。

自分の本質は、なかなかに厄介だ。少し改めなくてはいけないかもしれない。

人の手助けばかりをしているから、自分の幸せを取り逃すのだ。

自重しなければならないだろう。なんて思いながらも、結局損な役回りになるのだろうけど。

これから冷酷上司が厳しい言葉を部下に投げかけるのか。

ドキドキしながら、カフェオレボールを両手でギュッと握りしめた。

きっと部下の男性は、私よりもっと心臓を高鳴らせているのだろう。

どんな言葉で怒られるのか。ビクビクしているに違いないのだ。

何だか自分がこれから怒られるような気持ちになり、ソワソワしてしまう。

すると、冷酷上司は彼を叱咤せず、席から立ち上がった。

――え？　どうして？

思わず冷酷上司の背中を目で追ってしまう。それは部下の男性も同じようで、呆気に取られた様子で彼の行く先を見つめている。

注文カウンターに向かうと、彼は何かを買っていた。

戻ってきた上司の手には、サンドウィッチがある。今からお昼を食べるのだろうか。

そんな疑問を抱きながら、彼の行動をメニュー立ての隙間から見る。

すると、冷酷上司は買ってきたばかりのサンドウィッチのパックを部下の目の前に置いた。

目を丸くしたのは、私だけではない。サンドウィッチを渡された部下の男性もだ。

冷酷上司とサンドウィッチを何度も交互に見つめている部下を見て、彼は苦く笑う。

その表情がとても優しげで、魅力的だった。ドキドキさせながら胸をときめかせた私は、彼から目が離せない。

彼の先程までの冷淡さは抑えられ、どこか労《いたわ》るような表情をしている。

再び腰を下ろすと、冷酷上司はテーブルの上で指を組む。そして、真向かいで座る部下を見つめた。

「きちんと食べなければ、頭は回らない」

「はい……」

「ここからが君の正念場だ」

素直に頷く部下を見て、冷酷上司は唇に小さく笑みを浮かべた。

「君は君ができることをしなさい」

その声色はとても凛としている。だが、慈愛に溢れていた。そんな気がする。

――全然、冷酷じゃなかった……。

私は、どうやら勘違いしていたようだ。

それは部下の男性も同じだったのだろう。上司の言葉に感動した様子でいたが、すぐさま顔を歪める。

「でも、先方はかなりご立腹でした……。このままでしたら、取り引きがなくなってしまうかもしれません」

スミマセン、と頭を下げ続けている部下に、上司の男性は淡々とした口調で諭《さと》す。

「そうなったら、そのときだ。次の手を考えよう」

息を呑んだ部下に、上司は真剣な眼差しを向ける。

「恐れるな。やれるだけのことはやってみろ。君なら、向こうの担当者を納得させるために何をする？　考えつく手をすべて上げてみろ」

「ですが……！　それは、うちの会社の不利益に繋がるもので」

「わかっている。それでもやるべきだ。それほど、大事な顧客だぞ。腹をくくらなければならない」

「……はい」

「後のフォローは私の仕事だ。だから、君は自分でできることをしなさい」

そう言うだけで、言葉に出して怒らなかった。

呆気に取られていた部下だったが、顔つきが一気に変わる。やってやる、そんな気概溢れる表情になっていた。

「ありがとうございます。やれるだけ頑張ってみます」

サンドウィッチありがとうございました、とパックを手に取り、カフェを飛び出して行ってしまった。

部下の彼がいなくなると、上司はすでに冷めてしまった様子のコーヒーを口にする。

そのときの表情と彼の口から零れ落ちた言葉を、私は見逃さなかった。

――頑張れ。大丈夫だ。

形がいいセクシーな唇が、確実にそんなふうに動いたのだ。それも、美麗すぎて直視できないほどキラキラした笑みとともに。

トクン……と、あり得ないほど胸が熱くなってしまう。のぼせ上がる自分に気がつき慌てた。

持っていたカフェオレボールをテーブルに置き、赤くなってしまった自分の頬を手で隠す。

頬は熱くなっていて、自分の手でなんとかその熱を冷まそうと必死になる。

ようやく気持ち的にも落ち着いた私は、ゆっくりとした動きで先程の男性に視線を向ける。

だが、そこにはもう眉目秀麗な男性はいなかった。

え、と声に出しそうになるのをグッと堪えて、店内を見回す。

すると、その男性は店を出ようとしているところだった。仕事に戻るのだろう。

もう一度、あの素敵な笑顔を見てみたかった。そんな願望を抱いたが、それはもう無理だろう。

お互い見ず知らずなわけだし、何より先程の男性は私の存在には一切気がついていないはずだ。

反対に気づいていたら、マズイ。私がずっと聞き耳を立てていたことがバレてしまうかもしれない。

二度と会えないけれど、素敵な男性に会えた。それだけで、何だかお得な気分になってしまう。

思わず零れ落ちた笑みに気がついて恥ずかしくなる。

何事もなかったように澄まして、再びカフェオレボールを手にして顔を上げる。

——え?

目を見開く。視線をそらしている間に、素敵な男性は店を出てしまったとばかり思っていた。

だが、なぜか扉の前で立ち止まっている。それも、こちらを見ている……？

ドキッと再び心臓が大きく高鳴ったが、すぐさま彼は扉を押して出ていってしまった。

唖然《あぜん》としたまま、閉じられた扉を見つめ続けてしまう。

――こちらを……、私を見ていた……？

遠目ではあるが、私と目が合った気がする。そう考えると、ますます気もそぞろになってしまい、慌ててカフェオレに口をつけた。

落ち着け、と自分に言い聞かせたが、すぐにその考えにノーを自分で突きつける。

「きっと、私の気のせいだな。やだなぁ、もう」

自意識過剰になっていた自分を恥じながら、手ぐしで自分の髪を整える。

その動作がすでに挙動不審だと周りに示しているようなものだが、気恥ずかしくて堪《たま》らなかった。

彼は自分が座っていた席に忘れ物をしていないか、気になってこちらを見ていただけだろう。

それが理由に違いない。赤っ恥をかいてしまうところだった。

誰に見られていたわけでもなければ、指摘されたわけでもない。ただ、自分が恥ずかしかっただけ。

残っていたカフェオレを一気に飲み干し、小さなトートバッグを手に立ち上がる。

あと数分で午後からの仕事が開始だ。気持ちを切り替えなくては。

素敵なビジネスマンを見られて眼福だった。少々イタイ妄想をしそうになったのが恥ずかしかったが、ほっこりと心が温かくなる。

冷酷そうだけど実は優しいビジネスマンの男性。もう二度と会うことはないだろうけど、印象に残る出会いだった。

ありがとうございました、と店員の声に送られて、私は仕事に向かった。

2

――そうよ、あのときのめちゃくちゃ素敵だったビジネスマンだ！

印象が、とても強かったせいか。数ヶ月前の出会いだったのに、しっかりと覚えていた。

だが、今の彼からは以前の雰囲気を感じない。

もちろん、大人の色気ダダ漏れなところは同じだ。

ただその場にいるだけで、周りの人間がドキドキさせられてしまうほどの魅力はある。

だけれども、こちらが心配してしまうほど意気消沈しているように見えてしまう。

部下と一緒にいたときの彼は、クールさを兼ね備えた厳しい雰囲気だった。

あのときの彼は部下のミスについて話していたので、固いイメージだったとしても仕方がなかっただろう。

私は部下の経過報告を聞いている彼を見て「こんな人が自分の上司だったらイヤだな」とこっそり思っていた。

だけど、彼は厳しいだけの人ではなかったのだ。

どこが悪いのか、これからどうしたらいいのかを考えさせ、根気よく部下に寄り添っていた。

見た目の厳しさからして頭ごなしに部下を怒ると思っていた私は、その光景を見て驚愕したものだ。

やる気を取り戻した部下を送り出してからの慈愛溢れる彼の笑みの素敵さは、あのあともなかなか忘れられなかった。

ああいう上司がいてほしい。最初に頭に浮かべたイメージから一転、好印象を抱いたほどだ。

デキる上司であり、厳しさの中にも優しさを持ち合わせている。

きっと会社で人気があるだろう。眉目秀麗な外見を見るだけで女性たちからの熱視線を受けているだろうと容易に想像できたが、男性からも人気があって支持されているはずだ。

仕事を精力的にこなして、輝きを放っている男性だと思った。

しかし、今の彼はどうだろう。あのときの男性と同一人物なのか、そう疑いたくなるほどだ。

涙を流してはいない。だが、背中で泣いている。そんなふうに見えた。
男の人が辛いときは、涙を流さずに泣くのだろうか。
彼の哀愁漂う横顔を見て、ギュッと胸が締めつけられた。
彼は残っていた酒を飲み干し、グラスをマスターの方へと押しやる。
「同じものを」
私は今、この店に来たばかりだ。だけど、彼は恐らくもっと前に来店していただろう。
すでにグラスは何杯も空けているはずだ。
泥酔しているようには見えないが、危ない飲み方をしている。
マスターも一瞬躊躇した様子を見せたが、彼の眼差しを見て困ったように眉を顰《ひそ》めた。
畏まりました、と戸惑いを滲ませた声で言ったあと、マスターはグラスを下げる。
そして、新しいグラスを取り出した。
その様子を虚ろ気な目で見つめていた彼だったが、手持ち無沙汰になったのだろうか。
突然、私の方に視線を向けてきた。

ビックリして慌てて顔を背けようとしたのだが、なぜか彼は私の顔を凝視してくる。

強い眼差し。そして、何かを思い出そうとしている仕草。

どうしてそんな表情を彼がしているのか。私を知っているような素振りに見える。

え、小さく声に出して戸惑っていると、彼の表情が少しだけ緩まった。

あのときの彼を見つけられたように感じて、ホッと胸を撫で下ろす。

会釈をしたのち、私は彼から視線をそらして目の前のグラスを持つ。

ドキドキしすぎて落ち着かない。ゆっくりグラスを傾けていると、マスターがカウンターの隅にいる彼にグラスを差し出しているのが視界の隅に見えた。

そちらに視線を向けず、私はグラスに口をつける。

これ以上は、彼に意識を持っていかない方がいいだろう。彼だって、一人を楽しんでいるはずだ。それは、自分にも言える。

そろそろグラスが空になりそうだ。次は何を注文しようか、それとも止めておこうか。悩んでいると、マスターがカクテルグラスを私に差し出してきた。

「あちらのお客様からです」

「え?」

この店には、現在眉目秀麗な彼と私の二人きり。間違いなく、彼が私にプレゼントしてくれたのだろう。

戸惑っている私を見て、マスターは小さく笑った。

「こちらは、シンデレラというカクテルです。ノンアルコールですので、ご安心を」

ハッとして彼の方を向くと、唇に笑みを浮かべてこちらを見つめていた。

その眼差しに、どこか優しさを感じて安堵する。

消えてなくなってしまいそうだった彼が、ちょっぴり現実に戻ってきた。そんな気がしたからだ。

私は、彼に身体ごと向き合って声をかける。

「いただいても、いいんですか?」

カウンターの隅に座る彼が気になっていたが、私と彼は赤の他人。彼からしたら、私は見ず知らずの人間だ。

何かに消沈している彼に、この場は譲って帰ろうかなと頭の片隅で思っていた。

だけど……カクテルを私にプレゼントしてくれたのは、私にいてほしいという意味なのか。

どういう意味でカクテルをご馳走してくれたのか。わからず戸惑っていると、彼は小さく頷く。

そして、とってつけたように私に声をかけてきた。

「ええ。でも、一つだけお願いが」

「え？」

目を瞬かせていると、彼は自分が飲んでいたグラスを持って私の隣に座った。

行動の意図が見えず困惑していると、彼は私をジッと見つめて目を細める。

その表情があまりに扇情的すぎて、心臓が高鳴って思考が止まってしまう。

隣に座る彼の顔を、必然的に凝視する形になった。

困惑する私に、彼は唇に小さく笑みを浮かべる。だが、その笑みがとても儚《はかな》く見えて、どうしようもなく心配になる。

「一緒に飲んでもらえないだろうか？」

「え？」

思考が追いつかず、呆けた声が出る。私の声を聞いて、彼は柔らかく表情を緩めた。

「今夜は一人で飲もうと思っていたんだが……。貴女を見かけたら、一緒に飲んでほしくなった」

「……」

次から次に想像もしていなかった事態になり、私は何も考えられずにただ慌ててしまう。

困っているのが伝わったのか。彼は、私をジッと見つめながら名前を明かしてくる。

「俺は、犀川《さいかわ》と言う」

「犀川さん」

「そうだ。いきなり声をかけてビックリさせた。すまない」

「い、いえ」

首を横に振ると、彼は優しげな目で見つめてきた。その瞳はとても慈愛深く、寛容さに満ちている。

カフェで見かけた、部下思いの彼がそこにはいた。

やさぐれていた心が、少しだけ解《ほど》けた気がする。

こっそりとそんなふうに思っていたのだが、彼は真綿に包むようにふんわりとした声色で私の気持ちを察してきた。

「人の幸せは嬉しいものだ」

「え?」

急に犀川さんは何を言い出したのか。何度か瞬きを繰り返していると、彼はグラスを持ち上げて中に入っている氷を揺らす。

カランと微かに響いたあと、低く魅惑的な声で彼は言う。

「だけど、取り残された気持ちにもなりがちだ。もちろん、心の底から幸せを喜んでいる。でも、どこかで寂しさを抱いてしまうものだろう。どんな事柄にも、背中合わせの感情が常にあるように」

彼がどうしてそんなことを言い出したのか。よくわからず、首を傾《かし》げる。

すると、犀川さんは私から視線をそらしてグラスを傾けた。

「君は何かの寂しさに囚われているんじゃないか？」

図星だ。何も言えずに口をぽっかりと開けたままでいると、彼は目尻を下げる。

「君の横顔が寂しそうで……。結婚式の帰りだったんだろう？」

「あ……」

「友人が幸せになって嬉しい反面。違う道を歩いていくのを見て、切なくなったんじゃないか？」

足元にある引き出物の袋を見たのだろう。そして、その上にあるブーケにも。

だから、彼はそんなふうに言ったのだ。

私の心を見透かされたようで、羞恥が込みあげてくる。

顔が熱くなったのをごまかすように、ご馳走してくれたノンアルコールカクテルに口をつけた。

横から彼の視線を感じる。どうしても我慢できなくなって隣を見ると、彼と視線が絡み合った。

心臓が早鐘を打ち、なんとなく意地を張って悪態をつく。

「その通りですけど。そこは指摘しないのが、大人じゃないんですか？」

言い当てられて悔しかった。何より、私と彼は初めて言葉を交わしたばかり。

優しく労るような口調で言ってくれたが、やさぐれていた気持ちが戻ってきてしまう。

ピシャリと冷たく言い放つ私に、犀川さんは「悪い」と言葉少なに謝ってくる。

そして、身体を前屈みにしてカウンターに肘を預けると、髪をかき上げた。

その匂い立つ色気にあてられてしまって、視線がそらせない。

チラリと私を見て、彼は眉を下げる。

「俺も、君と同じ気持ちだったから」

「え？」

小首を傾げていると、彼は投げやりな様子で言葉を吐き出す。

「大事に守ってきた姉が幸せを掴んで嬉しいはずなのに、寂しく感じているなんてな」

「犀川さん？」

泣き出してしまうんじゃないかと心配になるほど、弱った姿を曝《さら》け出してくる。

彼にしてみたら、私は年下の女だ。それも、見ず知らずの他人であり、この店で初めて言葉を交わして隣で酒を飲んでいるだけの関係。

それなのに、彼は私に弱りきった姿を見せてくる。

ただ投げやりになっていて、誰でもいいと思っているのかもしれない。

だけど、彼の弱さを見ることができるポジションにいるのは、現在私だけ。

その事実に、どうしようもなく優越感を覚えてしまう。

何より寂しさを抱いて落ち込んでいるのは、私だけではない。

犀川さんもまた、寂しさを抱いている。彼と同じだと思うと、より愛しさが込みあげてきてしまった。

「俺が守らなければ。そんなふうに思っていたのにな。姉の気持ちを一番わかっているつもりでいたし、守れていると思っていた。だけど、それは俺の独りよがりだった」

「犀川さん」

「気がつけば、俺は姉にとって一番の厄介者になっていた。本当にバカだな」

言葉を吐き出す彼は、ヤケになっているように見える。だが、本当は寂しくて仕方がない。そんなふうにも聞こえた。

ポツリポツリと彼が一方的に話していくのを、私は時折相づちを打ちながら聞いた。

両親が離婚したあと、ずっとお姉さんを守っていたのは犀川さんだったようだ。

お姉さんは幼い頃にあった出来事により、男性に恐怖心を抱いてしまったという。

だけど、犀川さんはお姉さんに家庭を持って幸せになってほしいと願っていた。

男性になかなか慣れなくても、いずれは愛する人と家庭を持ちたい。でも、それがうまくできないことをお姉さんは悩んでいたからこそ、彼は必死にお姉さんに合う男性を探していたようだ。

そんな彼女を庇護しなければと思っていたのに、彼女はいつの間にか愛する男性と巡り合っていた。

しかし、お姉さんが騙《だま》されていると誤解していた彼は、お姉さんを守るのは自分自身だと躍起《やっき》になってしまって……。

彼は、二人の恋を妨害してしまったらしい。

しかし、それは犀川さんの独りよがりの気持ちだった……。

それに気がついたときには遅すぎたようで、今まで怒らなかったお姉さんに激怒されてしまったようだ。

「もう、姉は大丈夫だ。……大丈夫だ。あの人が、守ってくれる」

自分に言い聞かせるように呟いたあと、グラスを勢いよく空けた。

カウンターに突っ伏す彼を見て、私はその背中に手を伸ばす。

ピクッと犀川さんの身体が動いた。だが、それを無視して背中にポンポンと優しく触れる。

一定のリズムを刻むように、私はゆっくりとしたテンポで彼の背中を撫でる。

「きっと……お姉さんはわかっていると思います。犀川さんの気持ち」

「え？」

カウンターに突っ伏したまま、彼は顔を横に向けて私を見上げてきた。

戸惑い揺れる瞳を見て、私は目を細めてほほ笑む。

「犀川さんは、ずっとお父さんの代わりをしていたんですね。すごく立派だと思います」

現在、私は家族内では亡くなった母親の代わりをしている。その大変さや苦労はわかるつもりだ。

父親と母親、苦労する点は少し違うのかもしれないけれど、家族の中心となり、守っていくという立場には変わりない。

だからこそ、犀川さんの気持ちが痛いほどよくわかるのだ。

「悪いことしちゃったのなら、謝りましょう？　ね？」

「……そうだな。君の言う通りだ……あ！」

身体を起こし、彼は私に向き直る。真剣な眼差しで見つめられ、何だかドキドキしてしまう。

何を思い出したのか。気になるが、彼の視線の熱さも気になってそれどころではない。

視線を泳がせていると、彼は食いつき気味にこちらを見つめてくる。

「君の名前を聞いてもいいだろうか？」

「え？」

「いや、教えてほしい」

伺いから、お願いに変わった。その強い眼差しに逆らえず、私は自分の名前を呟く。

「鈴川です」

「下の名前も教えてくれないか？」

「……えっと」

こうして一時だけ一緒に酒を酌《く》み交《か》わすだけの仲。名字だけでもいいはずなのに、彼は私の下の名前を聞きたがった。

根負けした私は、ため息を吐き出す。

「真凜です」

「まりんさん、か。どういう字を書くのだろう？」

「えっと……。こんな字です」

カウンターに指で書いてみせる。すると、犀川さんは納得したように頷いた。

「なるほど……。君にピッタリな名前だ」

「え？」

「凛とし、純真な雰囲気がある君に似合っている」

真顔で言われて、私は嬉しく思う反面、恥ずかしくなってしまった。

頬が赤らんだことに気がつきながら、小声で「ありがとうございます」と礼を言う。

すると、なぜか犀川さんの方が恥ずかしがっているように見える。気のせいだろうか。

淡く甘い雰囲気を感じつつも、今こうして彼と二人で肩を並べてお酒を飲んでいる状況が不思議で仕方がない。

数ヶ月前、カフェでほんの一時を一緒にしただけ。それも、言葉を交わしたわけでもなく、ただ私が一方的に彼を観察していただけだ。

犀川さんからしたら、今日初めて顔を合わせたのだと思っているはず。

それなのに、どうしてこんなに彼と一緒にいると居心地がいいと感じてしまうのだろうか。

それは、犀川さんにも同じことが言えそうだ。先程よりリラックスしているように見える。

ゆったりとグラスを空けるだけ。先程のように切なさをぶつけてこない。

言葉もなく、ただ一緒にいる。それだけなのに、どうしてこうも彼のそばにいたいと思ってしまうのだろう。

素敵な人だな、とあのときにも思っていた。だけど、今は彼の弱さを垣間見られてより親近感を覚える。

彼も、私と同じように思ってくれていたらいいのに。そんな願望に似た気持ちを言葉にできず、ただただ彼の隣でカクテルを飲むしかできない。

犀川さんにおごってもらったノンアルコールのカクテルで休憩したので、酔いは落ち着いてきた。

だが、隣に座る彼は今もグラスを空け続けている。

先程と比べて、グラスを空けるピッチは遅くなった。

とはいえ、私がこの店を訪れる前から彼は飲んでいるはず。かなり酔いも回っているだろう。

チラリと横にいる彼に視線を向けたが、赤ら顔という感じはしない。

ヤケな飲み方は止まったが、やはり彼の横顔には陰りが見える。

寂しさ、後悔。彼の心に渦巻く感情は複雑で、なかなか消えてくれるものではなさそうだ。

カフェでの一件でも思ったが、きっと責任感が強い人なのだろう。

何もかもを背負いすぎてその重みに苦んでしまうのだ。

少しでも彼の痛みや辛さを、代わってあげられたらいいのに。

そんなふうに考えていると、マスターが遠慮がちに声をかけてきた。

「そろそろクローズにしたいのですが……」

時計を見ると、とっくの昔に日付は変わっている。

彼は自分の腕時計に視線を向けて、スツールから立ち上がった。

そして、マスターにクレジットカードを手渡す。

「チェックしてくれ」

「畏まりました」

マスターがカードを受け取ると、犀川さんは「それと」と付け加える。

「彼女の分も、すべて俺につけてくれ」

「わかりました」

そう言うと、マスターはレジへと向かっていく。

その会話を聞いて、私は慌てた。

「待ってください。犀川さんには、一杯だけご馳走になっただけです。最初の一杯は自分で支払います」

彼におごってもらったシンデレラは、好意に甘えようと思う。だが、最初の一杯であるシャンパーニュ・ア・ロランジュは、私がオーダーしたものだ。

そう言ったのだが、犀川さんは私の言葉を止めるように、私の口元に手を翳《かざ》してきた。

そして、ユルユルと首を横に振る。

「いや、ここは持たせてくれ」

「おごらせてほしい」

「でも……」

強い口調と眼差しで言われて、これ以上は遠慮できなくなってしまった。

では、とありがたく好意を頂戴すると言うと、彼は小さく頷く。

引き出物の袋とブーケを持ち、彼に続いて扉へと向かう。

ありがとうございました、というマスターの声を背中で聞きながら、重厚な扉を開いて待っていてくれる犀川さんに礼を言って店を出た。

ムンとした湿気をたっぷり含んだ風が頬を掠める。

雨こそ降ってはいないが、どんよりとした空は店に入る前と変わらない。

繁華街から少しだけ外れた、この雑居ビル前は喧噪とは無縁だ。

バタンと扉が閉まる音がすると、先程までの居心地がよかった空間から遮断されたような気持ちになる。なぜか寂しさが込みあげてきた。

——これで、犀川さんとはさようならだな。

ただ、バーで数刻一緒に飲んだだけ。それだけの関係だ。

だけど、こうして彼との再会に、どこか運命めいたものを感じるのはおかしいだろうか。

本当にここで彼と別れてしまっていいの？　と、何度も自分に問いかけている私は迷いが生じている。

星が見えない空を何も言わずに見上げている、犀川さんの横顔を見つめた。

一見、無表情だ。だが、やはりどこか儚く感じてしまう。

このまま、彼を一人にしてしまっていいのだろうか。そんな考えが脳裏を過る。

大人の男性だ。私のような年下の女のお節介など、必要ないのかもしれない。

きっと彼は一人でも大丈夫。そう思う反面、本当に大丈夫だろうかと不安にもなる。

彼は家族のため、お姉さんのために、自分を律して彼の大切な人たちを力の限り守ってきたはずだ。

その緊張の糸がプツリと切れてしまった彼は、何を目標に生きていけばいいのか悩んでいる。

彼と立場は違うけれど、気持ちは痛いほどわかった。だからこそ、彼のそばを離れていいのかと迷いが出ているのだろう。

亡き母の代わりをして弟妹のために奔走《ほんそう》しているが、急にその必要がなくなったら喪失感を覚えるはずだ。

ぽっかりと穴が空いたような、空無な感じなのだろうか。

空を見上げつつも、彼の目は虚ろだ。それに気がついて、胸がギュッと締めつけられる。

犀川さんの目には今、何が映っているのだろう。

彼の目を、カフェで見かけたときのような凛々しくて優しいものに戻したい。

そんなふうに思うのは、おこがましいだろうか。

——うん、おこがましいよね。

わかっている。私が願うのもお門違いだ。

私たちは、ここで手を振って別れる。それが一番いいのかもしれない。だけど——

もう一度、犀川さんの横顔を見つめる。未だに空を見上げたまま、動かない彼。

そんな彼の頬に涙が流れた……気がした。

消えてしまいそうな彼を見ていたら、慰めてあげたくなってしまう。

『そういうところが、お母さん気質なのよ』などと、友人たちに言われてしまうだろうか。

わかっているが、それでも……彼を一人にしておけない。

どうしたらいいだろうか。どのように言えば、彼は痛みの部分を見せてくれるのだろう。

優しく声をかけようか。

いや、ダメだ。我に返り、冷静に拒否してきそうだ。

それなら、泣いて縋ってみようか。

それもダメだろう。反対に慰められて終わりになる気がする。

――強気な女性を演じてみようか。

慣れている様子で言えば、彼は乗ってくるかもしれない。

とはいえ、そういった〝お誘い〟などしたためしが一度もない私にできるだろうか。

何より、彼が乗ってくるかもわからない。

だけど、手を拱《こまね》いている間に彼がいなくなるのはイヤだ。

私は、強さも優しさも、そして弱さを曝け出してくれる犀川さんが気になって仕方がないのだから。

思えば、あのカフェで初めて犀川さんを見かけたときから、ずっと私の心の奥底には彼がいた。

ただ、もう二度と会うことはない人だと自分に言い聞かせ、その感情を心の奥にしまい込んでいただけ。

もう一度会いたいと強く願っていた。

それなのに、背中で泣く彼をこのまま一人になんてできない。

恋なのか。それとも、彼に同情したのか。今の私には、しっかりと断言はできない。

わかっているのは、彼を包み込んであげたいという気持ちだけ。

年下の私では力不足だろう。それでも……。

――私が、貴方の力になりたい。

そう思った瞬間、私は大胆な行動に出ていた。

足下に引き出物の袋を置いたあと、ゆっくりと彼の背中に手を伸ばして触れる。じんわりと伝わる熱を感じて、自身も熱を帯びていく。

「真凜さん？」

一瞬ビクッと身体を震わせた犀川さんは、驚いて振り返る。

ドキドキしすぎて、心臓が壊れてしまいそうだ。それでも、彼から離れようという気持ちはなかった。

彼もまた、私が離れてしまうのを寂しく思っているように見えたから。

私の都合がいい解釈かもしれない。でも、私は……彼とこれっきりにしたくないと思う。

長身の彼は、目を見開いて私を見下ろしてきた。

彼の目を覗き込めば、きちんと私が映っている。そのことに、ホッと息をついた。先程まで彼の目には何も映っておらず、虚ろな色をしていたからだ。

ジッと見つめられ、息が止まりそう。心臓があり得ないほど、大きな音を立てて動いている。

一瞬、躊躇する自分がいた。柄にもないことはしない方がいい。自分の中にいる常識人が声をかけてくる。

しかし、それを制止するのは、心に突如として現れた、もう一人の自分だ。

何も考えられないまま、口だけは勝手に動いていた。

「弱った男の人ってかわいがってあげたくなります」

「え……？」

驚いて固まる彼の肩に自身の両手を預ける。そして、つま先立ちをすると、彼の耳元で囁く。

精一杯大人の女を演じてみた。

「私が何もかもを忘れさせてあげましょうか？」

思いっきり背伸びをしている。知り合いが見たら、「慣れないことはしない方がいい」と噴き出して笑われてしまうだろう。

似合わないことをやっている自覚はある。それでも必死に妖艶な空気を作り上げるのだ。

酔いのせいだと思われてもいい。勢いだと思われても構わない。

ただ、震えている彼の心に寄り添ってあげたいのだ。

彼の肩に置いていた手を、今度は彼の大きな手に伸ばす。

ヒヤリとした冷たい手。その手を温めるように、私は両手で彼の右手を包み込む。

再び彼を見上げると、先程までの驚きの表情ではなく、空虚だった瞳に熱が込められていた。

え、と驚いた声は、彼の突然の行動でかき消される。

犀川さんが私の左手を掴み、グイッと引っ張ってきたからだ。

前のめりになり蹌踉《よろ》めいてしまった私を、彼はグッと力強く抱きしめてくる。

胸板の厚さ、腕の中のぬくもり、力強い腕。それらを一気に味わってしまった私は、少しだけ戸惑った。

彼を一人にしたくない。その気持ちに変わりはないが、彼を煽《あお》ってしまったことを後悔する。

——多分、私……。このままだと、心臓が壊れてしまうかも。

キュッと彼に抱きしめられただけで、この有様だ。

これよりもっと肌と肌が密着したとしたら、のぼせてしまわないだろうか。

そんな心配をしつつ、抱きしめられた状態で彼を見上げる。

視線と視線が絡み合う。そらせないほどの強い眼差しを浴びせられ、身体の芯が熱くなっていくのがわかった。

こんなに密着していたら、あり得ないほどドキドキして心臓が躍っている状況が彼に伝わってしまいそうだ。

平静を装いたくて、彼から少し離れようとする。だが、それを彼の腕が拒んできた。

ギュッと力強く抱きしめてきて、息苦しい。

「……弱い俺でも、いいか?」

「え?」

低く魅惑的な声には情欲と、そして喪失感や孤独感が潜んでいる。

ハッとして見上げると、彼は眉を下げて小さく儚く笑った。

「君に……真凜に慰めてもらいたい」

心臓が止まるかと思った。ゾクゾクと背筋に甘い痺れが走り、身体がより熱くなっていく。

初めて呼び捨てで呼ばれたことで、より心臓がドキドキしてしまう。

いいか、と再度伺いを立ててくる彼を見て、逃げるのを止めた。

彼の目を見つめて、小さく頷く。それが今の私の精一杯だ。

彼の寂しそうでやりきれない感情を、私が受け止めてあげたい。そう思うのは、きっと……彼が好きだから。

好きになるのに時間は関係ない。本当にその通りだと思う。

なかなか恋愛ができず、出会いもない。それなのに、周りは幸せになっていく。

そんな友人たちの姿を見て、どれほど慌ててもがいていただろうか。

ここ数年が嘘のように、ストンと恋に落ちていく。

この出会いは必然であり、これは運命であるのかもしれない。

「行こうか」

犀川さんは私を腕の中から解放して路上に置いていた引き出物の袋を肩にかけたあと、私の腰を抱く。

彼のリードで着いた先は、老舗ラグジュアリーホテル。迷わず彼の足はホテルのロビーに近づいていく。

「え？　犀川さん？」

私の驚きの声を聞いても、彼の足は止まらない。

フロントへ行くと、「鍵を」とだけ言う。

ホテルマンを前にしても、私の腰を抱いていて離してくれない。

私は一人で戸惑うしかできずにいるのに、犀川さんはフォローをしてくれずほほ笑むだけだ。

笑顔を向けられても、何が何だかわからない。そんなふうに憤《いきどお》って言いたいところだが、ホテルマンの前で醜態は晒《さら》せないだろう。

私だけでなく、彼も恥をかいてしまう。グッと堪えて押し黙っていると、ホテルマンは私たちに向かって折り目正しく会釈をする。

心得た様子で「いらっしゃいませ、犀川様。こちらでございます」とカードキーを彼に手渡した。

「ありがとう」

それだけ言ってキーを受け取ると、彼は再び歩き出す。もちろん、私の腰を抱いたままだ。

エレベーターホールには、ちょうど上階に向かうエレベーターが来ていた。

それに乗り込むと、すぐそばにいたベルボーイがこちらも心得たもので指定階のボタンを押して頭を下げている。

ゆっくりと扉が閉まる間も、ベルボーイは深々と頭を下げていた。

その様子を唖然としながら見つめていると、扉が閉まってエレベーターは動き出す。

時間が時間だ。ホテルのロビーにはゲストは誰もいなかったが、エレベーター内にも人はいない。

犀川さんと二人きりだと思うと、より緊張してきてしまった。

それにしても、犀川さんは一体何者なのだろう。

フロントでのやり取りを見る限りでは、上客のような対応を受けていた。

このホテルは由緒正しきラグジュアリーホテルで、私は名前を聞いただけで怯んでしまうほどのハイクラスなホテルだ。

そんなホテルに来ても、顔パスで通る彼はどういった立場の人なのだろうか。

「犀川さ――」

声をかけようとしたのだが、私の声は彼の唇に奪われた。

「っふ……んんっ」

鼻から抜ける声が甘ったるくて、自分の声ではないように感じる。

それがまた、私の羞恥心をかき立てた。

エレベーター内には、私たち二人きり。だけど、いつ人が乗ってくるかわからない状況だ。

彼の胸板を押して、首を横に振ってキスを拒む。

ダメですよ、と彼を諭したのだが、反対に彼に押しきられてしまう。

「ダメじゃない。君をもっと味わいたい」

「犀川さん！」

ここではダメだ、と厳しい口調で彼の名前を呼んだつもりだが、なぜだか甘えた声しか出てこなかった。

彼からのキスで、すっかり身体が蕩《とろ》かされてしまったのか。

力が入らない私は、彼のジャケットを握りしめて見上げる。

ポーンという到着音とともに、エレベーターが止まった。だが、すぐさま犀川さんはクローズのボタンを押してしまう。

そして、私を壁に押しつけると、彼は腰を屈めて顔を覗き込んできた。

「部屋まで我慢できない」

息を呑んで彼を見つめるだけしかできないでいると、犀川さんは再び私の唇を奪ってくる。

何度も角度を変えては、唇と唇を重ねていく。

チュッと口づけの音がし、淫らな音を聞くだけで身体が熱を持ってしまう。

誰も使用していないエレベーターは動かず、指定階に止まったままの状態だ。

ただその庫内には、私と犀川さんの熱い吐息が零れ落ちていく。

熱気でむせかえりそうなほど、庫内の気温が上昇している気がする。

求め、求め合った証拠のように感じて、恥ずかしくなってしまう。

ようやく離れた彼の唇を間近で見て、ドキッと胸が高鳴る。

形のいい唇が、濡れている。その原因は、私とのキスだと思うと直視できない。

キュッと彼のジャケットを握りしめて、恥ずかしさを紛《まぎ》らわせる。

そんな私の頭を優しく撫でたあと、彼は「おいで」と耳元で囁いてきた。

オープンのボタンを押してエレベーターを降りると、待ちきれないという言葉通りに彼は部屋へと急ぐ。

カードキーを翳して部屋の扉を開けると、引き出物の袋をドア付近に置いて彼は私の腰を抱いたまま中へと入っていく。

「あ……っ」

彼が早足すぎて、足が縺《もつ》れてしまう。倒れそうになったのだが、その瞬間にフワリと身体が浮く。

「抱き上げた方が、早そうだ」

気がついたときには、犀川さんに横抱きにされていた。所謂、お姫様抱っこだ。

男性にお姫様抱っこされた経験などなく、まずは胸がときめいてしまった。

だが、すぐにそんなことを言っていられなくなる。

あまりの高さに、怖くなってしまったからだ。慌てて、彼の首にしがみつく。

彼は歩みを止めず、怯えている私に視線を向けて柔らかく頬を緩めた。

「大丈夫だ。落とさないから」

「そ、そういう問題じゃなくて！」

「じゃあ、どういう問題なんだ？」

「うっ」

そう言われると、なんと返答していいものか。ググッと押し黙ると、頭上で小さく笑われた。

——笑っている……？

寂しさを抱えて辛そうにしていた彼だったが、今は少しだけ元気が出てきたのだろうか。

私の存在が、彼の心を癒やせたのなら嬉しい。

そんな気持ちを込めて彼を見つめていると、私の視線に気がついたのか。犀川さんは足を止めて、首を傾げた。

「どうした？」

「ううん、何でもないです」

ユルユルと首を横に振る。

笑ってごまかしておいた方がいいだろう。

しかし、隠そうとする私が気に入らなかったのか。彼はググッと顔を近づけてきて、私の唇に触れてくる。

「はぁ……っ、ぁ……ぁ」

情熱的な唇は、私の何もかもを食《は》んでくる。

口内に入り込んできた熱い舌は、私のすべてを奪うように舐《ねぶ》った。

何度も角度を変えて重ねたあと、ゆっくりと彼の唇は離れていく。

その形のいい薄い唇をトロンとした目で見つめていると、彼は熱情を孕《はら》んだ声色で言う。

「教えてくれ」

「え？」

「君が何を考え、何を思っているのか。全部……教えてほしい」

「犀川さん？」

「真凛。俺を見て、何を思った？」

まっすぐすぎる目が、私を射貫《いぬ》くように見つめている。

その上、「隠さずに教えてくれ」と懇願されて、逃げられそうにもない。

おずおずと彼を見上げ、小声で呟く。

「犀川さんが笑った、って」

「え？」

「ずっと苦しそうだったから。笑ってくれて嬉しかった」

「……っ」

「犀川さんの笑顔、もしかして私がきっかけなら嬉しいなぁって」

私の勘違いだと思うが、もし私といることがきっかけなら嬉しい。

えへへ、と照れ笑いを浮かべて言ったのだが、彼は真顔のまま私を見つめ続けている。

どうしたのかと心配になって「犀川さん？」と声をかけようとしたのだが、私の口から飛び出たのは驚きの声だった。

「キャッ！」

私は目を丸くしたまま、より彼にしがみつく。

身動きしなかった彼がようやく動き出したと思ったら、先程よりもっと足早になった。

そのまま、ベッドルームへ連れ込まれて、私は勢いよくベッドに押し倒されていたのだ。

「さ、犀川さ……ん？」

一瞬の出来事すぎて、動揺が隠せない。瞬きを繰り返していると、彼は私に覆い被さりながら真摯な表情を向けてくる。

身体を密着させ、もっと距離を縮めてきた。クールだと思っていたその目に熱さを感じて、身じろぎさえもできない。

ハーフアップにしてあった髪が解け、ベッドに広がる。乱れた私の髪を一房摘《つま》んで、彼は唇に導いた。

髪にキスをしながら、彼は真顔で私を見下ろしてくる。

「そうだ」

「え？」

「真凜のおかげだ」

「犀川さん？」

「君と一緒にいると、心が温かくなる。嬉しくなる」

息が止まるかと思った。

犀川さんは、大真面目で言い切る。

彼の表情に嘘の感情は見えない。本音をぶつけられているのだ。それが心底嬉しい。

彼は、より私に顔を近づけてきた。

「どうしてだろうな……。真凜には、不思議な力があるに違いない」

「べ、別に……。そんなものありませんよ」

あまりに真摯な視線を注《そそ》がれて、恥ずかしくなってしまう。

慌てて顔を背けたのだが、それを咎めるように彼は私の両頬をその大きな手で包み込んできた。

そして、ゆっくりと彼の方に向けさせられる。

「君を初めて見たときも、同じように思った」

「え？」

「俺の気持ちを和《やわ》らげたのは間違いなく君だ……真凜」

幸せに包まれて、涙が滲んでしまいそうだ。

胸が苦しい。身体が熱い。このあり得ない身体の疼きや渇望を満たせるのは、彼しかいない。

「犀川さん」

彼に腕を伸ばし、キュッと抱きつく。すると、すぐさま力強く抱きしめ返された。

体温と体温が蕩け合い、心が満たされていく。

本当は一つだったのに、何かの拍子に離ればなれになっていただけなのだろうか。

こうして彼とくっ付くと安堵に似た感情が込みあげるのは、そういうことなのかもしれない。

そんなファンタジーみたいな考えが浮かぶのは、恋に夢見すぎだろうか。

「もっと、君を感じたい」

犀川さんは、私の目尻にキスを一つ落としてくる。擽《くすぐ》ったくて肩を竦めると、今度は鼻の頭に唇が触れた。

ヒャッ、と驚きの声を上げると、「かわいいな」と耳元で囁かれる。

だが、その声が反則的にセクシーで身悶えてしまう。ゾクゾクと背筋に甘い痺れが走った。

そんな私に、彼は蠱惑的《こわくてき》な視線を向けてくる。

「君に触れると自分がどうなるのか、わからないな」

「え？」

どういう意味なのかと問いかけたのだが、彼は小さくほほ笑むだけだ。

次に彼の唇が触れたのは、両頬だ。チュッチュッと音を立ててキスをしてくる。

頬がポッと赤くなると、その頬を彼の長い指が撫でてきた。

「きっと何も考えられなくなるだろう」

小首を傾げると、犀川さんは唇に笑みを浮かべる。魅惑的な笑みに、私は囚われた。

「喪失感ややるせない気持ちも……君を前にしたら、跡形もなく消え失せてしまいそうだ」

「え？」

「それだけ君が魅力的で、俺を夢中にさせてしまうという意味だ」

何だかすごいことを言われた気がする。さらに、彼は熱っぽい瞳で懇願してきた。

「何もかも、忘れさせてくれるんだろう？」

「っ！」

羞恥心に煽られて言葉にならない声を出しそうになった私に、彼は「黙って」と甘く命令をしてきた。

首筋に舌を這《は》わせながら、彼の手はパーティードレスのファスナーを下ろしていく。サイドにあるファスナーをゆっくりと下げていくと、ジジーッと無機質な音が響く。

空調がしっかり利《き》いているベッドルームは寒いぐらいで、肌が外気に触れて震えた。

衣擦《きぬず》れの音をさせながら、彼の手は私からすべてを取り去っていく。

裸になった私を見下ろしながら、犀川さんはスーツのジャケットを脱ぎ捨てた。

心臓が壊れてしまいそう。自分から誘ったくせに、臆病風に吹かれてしまいそうだ。

そんな私の気持ちを知ってか、知らずか。私の腰を跨《また》いだまま、彼はネクタイを片方の手で緩めた。

シュルリと音を立てて抜き取ると、それをベッドの下に放り投げる。

ワイシャツのカフスボタンを外しながら、彼は欲に濡れた目で見つめてきた。

彼の視線は熱く、射貫くようにジッと視線を向けられて身悶えてしまう。

上半身裸になった犀川さんは、鍛《きた》えられた身体をしていた。

無駄が全くなく、キレイだと見惚れる。

ジッと見つめる私に、彼は困ったように眉尻を下げた。

「そんなに見つめられると照れるな……」

「その言葉、そっくりそのままお返ししますよ」

小さく笑いながら言うと、彼もほほ笑んでくれた。

その笑みは、カフェで見た柔らかい笑みにとてもよく似ていてときめいてしまう。

彼は、目を惹く人だ。容姿は言うまでもなく素敵だが、不思議と人を惹きつける何かを持っている。カリスマ性なのだろうか。そんな気がする。

どんどん彼に惹かれていく自分がいて、怖いぐらいだ。

——そう、惹かれてしまっているんだ。

犀川さんにこうして情熱的な視線を向けられ、熱を与えられることを求めている。

恋をするのに時間は関係ない。そんな言葉が、先程から脳裏を過って私を応援してくる。

彼に手を伸ばしながら、今の私は強気な女性を演じていたのだったと思い出す。

この男《ひと》を、私が包み込んであげたい。そんな気持ちで、彼の頬に触れる。

すると、私の手は彼の大きな手に掴まれた。

ギュッと力強く握りしめてきた彼は、私の手に頬ずりをする。彼の目は、貪欲に欲しがっているようにも見えた。

何を欲しがっているのか。その答えは、犀川さんの口から明らかになった。

「君が欲しい」

熱情が込められた瞳に見つめられ、拒絶なんてできない。

――ううん、するつもりなんてない。

私は彼の目を見て、コクリと頷いた。

3

「かわいい……。かわいい、真凜」

「犀川さ……ぁ……んっ」

首を仰け反らして甘く俺の名前を呼ぶ彼女は、かわいいという言葉だけでは言い表せないほど魅力的だ。

今までの人生で、こんなにたくさん〝かわいい〟を連呼したことがあっただろうか。何より、誰かが欲しくて欲しくて堪らなくなるなんて一度もなかった。

そのことに驚きが隠せない。それほど、鈴川真凜という女性は俺にとって特別な存在なのだろう。

つい先程まであれほど落ち込んでいたのに、今は彼女の優しさに包まれて心が浮上しつつある。

現金なものだ、とは思う。だが、この奇跡の再会を喜ばずして、何を喜ぶというのか。

喜びをぶつけるように、彼女の足を大きく開いて奥へ奥へと入り込む。

波だった心を癒やして落ち着かせるような温かさを感じるのは、彼女の心か、それとも身体か。

すべてを包み込んでくれる懐の深さに触れ、俺はますます真凜にのめり込んでいく。これから、もっと彼女に溺れていくだろう。そんな予感をヒシヒシと抱きながら、彼女に身体を密着させる。

離れないように、ギュッと彼女を抱きしめた。

このまま蕩け合ってしまって、一つになってしまえばいい。そうしたら、二度と彼女を離さなくて済むのに。

独占欲を覗かせながら、彼女の乱れる吐息を聞いて自身が昂《たか》ぶっていくのを感じる。

真凜を前にすると、負の感情が消えてなくなっていく。

ぽっかりと空いてしまっていた心の穴を、真凜が埋めてくれた。

彼女は、春の日だまりのよう。温かく、柔らかい日差しを感じさせる人だ。

もっと、彼女と蕩け合いたい。もっと、もっと……愛したい。心も身体も、全部。

あの日。彼女に初めて会ったときも、色々な彼女の表情を見たいと思うような不思議な感覚に囚われた。

あのあとも時折彼女の顔を思い出し、なんとも言葉に表現できない感情が心に渦巻いていた。

だが、今ならわかる。これは、恋だ。

こうして彼女と再会してわかった。真凜を思い出すだけで、胸の辺りが温かくなるのは彼女に一目惚れしていたからだと。

あのときのかわいらしい仕草や、必死に応援する様子。どれも魅力的に映った。

それを自覚したとき、心の奥底から希《こいねが》った。彼女のすべてが欲しい、と。

「あ……ダメ……っ」

「ダメじゃない」

「ダメで……す。こんなの……恥ずかしすぎますから……ぁあんっ！」

シロップみたいな、トロリとした甘さのある声。彼女のそんな声を聞けるなんて思わなかった。

一度、ただ見かけただけの彼女とは、もう会えないと思っていたから尚更だ。

だけど、こうして再会したのだから後戻りなどできないし、させようとも思わない。

――必ず彼女を捕まえる。何があっても、何をしても……絶対に。

誰にも触れさせたくない。触れさせない。そんな気持ちを込めて、より深く身体を重ねる。

嬌声とともに、真凜は細い首を反らした。

堪らなくなって、彼女のその白い首筋に唇を押しつける。そして、俺の存在を刻みつけるようにキツく吸い上げた。

真っ赤に残る赤い華は、ずっと消えることはない。どうしてかというと……。

――もう、離さないから。

妖《あや》しげにほほ笑む俺の顔を、彼女はきっと覚えていないだろう。

これほど乱れ、理性を保てない状況では難しいはずだ。

恋愛に見向きもしなかった自分だが、意外にも心底好きになった女性に対する独占欲はすさまじいらしい。その上、執着心も半端なさそうだ。

初めて明らかになった自分の気質に、驚きとともに苦笑してしまう。

彼女が快感で小刻みに震える中、ギュッとより力強く抱きしめて熱い想いを吐き出した。


「眠ってしまったか……」

何度も身体を重ねて、無理をさせてしまったようだ。

ベッドに腰をかけ、小さな寝息を立てる真凜を見下ろす。

彼女の髪を撫でながら自分の堪え性のなさに小さく乾いた笑い声を上げると同時に、この奇跡に感謝した。

こうして今、ほほ笑むことができるようになったのは、他でもない真凜のおかげだ。心と身体が弱りきっていた俺を、彼女が優しく労り包み込んでくれた。

後悔と懺悔《ざんげ》ばかりしていた先程までの自分だが、彼女のおかげで何をしなければならないのか道が見えてきた気がする。

失敗したら次に何をすべきか考えなければならないのは、何もビジネスだけではない。

人間関係でも通じるものだ。そのことに、今更だが気がついた。

燻《くすぶ》っているだけでは、現状を打破できない。

冷静に考えられるようになったのは、彼女が俺の心を助けてくれたからだ。

取り残された気持ちでいた自分に「一人じゃないよ」と教えてくれた。

真凜を起こさないように、頬にかかっていた髪を指で優しく払う。すると、彼女は少しだけ身じろぎをした。

起こしてしまったか、と心配になってすぐさま彼女から手を離した。

だが、寝返りを打ったあと再び小さく寝息を立て始める。起こさずに済みホッとする。

彼女に視線を落としながら、逃げていた現実と向き合う覚悟を決めた。

真凜の穏やかな寝顔を見て、ずっと冷えきっていた心が温かくなっていくのを感じる。

これまでの人生、恋愛に現を抜かす暇など俺には皆無だった。

家族のこと、会社のこと。上げたら切りがないほど、自身に課していた問題はたくさんあったからだ。

俺の家族関係は、複雑である。

俺がまだ小学生に上がる前に、両親は離婚した。

母さんは俺と姉さん二人を連れて実家に戻るつもりで動いていたのだが、俺は父さんの元に留まる道を選んだ。

幼き自分が、そんな決意をした理由。それは、姉さんを守るために父さんを監視しなければと強く思ったから。

両親の離婚の原因は、いくつかあった。だが、決定打となったのは父さんが姉さんに一度だけ手を上げてしまったからだ。

その日も、両親は激しく口論していた。それを、姉さんが泣きながら止めようとしたのだが……。

ヒートアップしていた父さんは、姉さんを払いのけてしまった。

それが原因で、姉さんは男性に恐怖を感じるようになってしまったのだ。

子どもに手を上げるなど、一時の感情に揺さぶられていたとはいえ決して許されない。

父さんは元々子煩悩で、姉さんを目に入れても痛くないほどかわいがっていた。

それなのに、一時の感情の昂ぶりを制御できずに自らの愚行のせいで娘を手放さなくてはいけなくなったのだ。

自分の手で幸せを逃してしまった父さんは、当時見ていられないほど意気消沈していた。

父さんは死ぬほど後悔して何度も姉さんに謝っていたのだが、なかなか関係を修復できなかった。

そんな父さんの姿を見て、俺がなんとかすると固く誓ったのだ。

最初こそ「父さんを監視して、姉さんたちを守らなくては」と幼いなりに決意していたのだが、日に日に弱っていく父さんを見て考えを改めた。

姉さん、母さんを守るのはもちろんだが、俺が父さんのそばにいて支えてやらなければならない、と。

家族を元に戻せるのは、自分だけだ。小学校に上がる前の子どもが、生意気にそんなふうに思っていた。

父さんができないのならば、長男である俺がやらなければならないだろう。

半ば使命みたいなものを感じて、躍起になっていた。

家族を元に戻す。そのファーストステップは、姉さんの男性不信を治すことだと信じていた。

姉さんが、幸せな結婚をして家庭を持つことができたら……。

そうすれば、雪解けのように両親も和解するはず。元々嫌いで別れた人たちではないからだ。

姉さんは姉さんなりに、恋をしよう、男性に近づけるように努力しようと動いていた。

最初こそ姉さんを見守ろうと思っていたが、毎回毎回姉さんの周りには、あまり素行がよくない男ばかり寄ってくる。

そんなことが繰り返されれば、誰だって心配になるだろう。

やはり、姉さんの結婚相手は俺が見極めなくてはならない。そう思うのは必然だったと思う。

俺が姉さんに合う男をみつけて、縁談を纏めようと必死だったのだが……。

それは自分の独りよがりの考えだった。

それに気がつけたのは、姉さんが自らの力で一生をともにしたいと思える男性と巡り合えたからだ。

それなのに、俺は姉さんがまた悪い男に騙されているんじゃないかと心配になり、他の男との見合いを無理矢理させてしまった。

それがきっかけで、普段怒らない姉さんが俺に対して怒りを露《あらわ》にしてきたのだ。

合わせる顔がない。そんなふうに戸惑いなかなか姉さんに会いに行けないでいた。

そんな俺の耳に、最悪な話が飛び込んできた。

俺が手配した見合い相手がろくでもない男で姉さんを傷つけようとしたというのだ。

すんでのところで、姉さんの彼氏——国内大手企業の新甫ホールディングスの御曹司、新甫隼人——が救い出してくれたおかげで最悪の事態だけは避けられた。

姉さんに対して申し訳ない気持ちで押しつぶされそうになりながら、あまりの不甲斐なさに自分が許せず……。

姉さんに謝らなければならない。

恋のチャンスを今まで根こそぎ奪っていたのは――合コン相手などが最悪だったことを姉さんは知らないので、そう思われても仕方がない――他でもない自分だったのだから。

その上、姉さんが心から愛している男性との仲を壊そうとしたのだから、怒りも尤《もっと》もだろう。

わかっているからこそ、合わせる顔がない。

困惑する俺に、新甫さんは「今は冷静にお互い話せないだろう?」と、少し時間を空けてから謝罪をした方がいいと提案した。

いや、提案ではない。拒否できない言い方で強く言われた。

全面的にこちらが悪いので反論できないし、言える立場でない。

俺が守るから、と言いきった新甫さんにすべてを任せようとそのときに思ったのだが……。

今後、どうやって姉さんに接していけばいいのか。考えても考えても思いつかなかった。

現時点で何もできない自分への苛立ちと、絶望感に襲われてどうしようもなくなった。

ていたが仕事は待ってくれない。

日中は冷静を装い仕事に没頭したが、その抑え込んでいた感情の皺寄せは夜にやってくる。

罪悪感から逃げるために、俺はあのバーで浴びるように酒を飲んだ。ここ数日は、酒を飲まないと眠れない日々を送っていた。

今夜も酒に助けを求めなければ、眠れないだろう。そう思って、何杯もグラスを空けた。

だが、残念ながらどれほど飲んでも酔えず、途方に暮れることを繰り返していたのだ。

醒めたままの俺の脳裏には、後悔が渦巻いていた。

大事な家族である姉さんを幸せに導きたいと行動していたはずが、俺のせいで不幸になる寸前だったなんて……。

姉さんが幸せになれば、家族が元に戻る。そう思って両親が離婚してからずっと、その日を夢見て努力してきた。

姉さんの男性不信が治り、幸せな様子を見れば家族は元に戻るはず。

そう思うあまり、性急に事を運びすぎた自分の浅はかさと傲慢さに吐き気がする。

姉の幸せを見届けるまでは、自分の幸せは後回し。

そう思っていたが、もうそんな必要はない。姉さんは、一生をともに歩いていきたいと思える人に出会えた。弟である俺の力など必要ない。

姉さんの男性不信が治って幸せの道を歩き出したのだから喜ぶべきだ。

だが、どこか寂しさを覚えるのはどうしてだろう。

姉さんの男性不信が治ったことで、父さんと母さんは仲が修復されているようだ。

姉さん、そして家族を幸せにする。犀川家を元に戻す。それが長年の夢だった。

皆が幸せに向かって歩き出している。嬉しいはずなのに、心にぽっかりと穴が空いて無気力になってしまった。

長年の目標が突然失われ、心がポキッと音を立てて折れたようだ。

そんな空《むな》しい気持ちを抱いて苦しくなったとき、カフェで見かけた彼女の姿を思い出した。

すると、少しだけ気分が軽くなる。それが不思議でもあり、もう一度会ってこの気持ちが何なのかを確かめたいと思っていた。

そんなふうに思う自分が不思議で仕方ない。

酒を浴びるように飲んでベッドに入るとき、必ず彼女の姿が思い出されていたのだが……。

その想い人は、先程まで熱い時間を過ごした女性、鈴川真凜だ。

この十数年、自分の幸せについては後回しで考えてもいなかったし、本気で欲しいと思う女性は現れなかった。

それなのに、言葉を交わしたこともない女性が気になって気になって堪らなかったのだ。

名前も知らない。どこに勤めているのか、どこに住んでいるのか。

何も知らない。声さえも聞いたことがない女性。

それなのに、カフェで見かけた真凜がとても魅力的で、ずっと脳裏から離れなかったのだ。

彼女に会った日を思い出す。

あの日は笹川《ささかわ》のミスが露見し、対応に追われていた。

ファミリーレストランへ卸す予定だった商品が納期日に、ヒューマンエラーで納品できない事態に。

その受注は笹川が受けていたようで、日にちを間違えて工場に伝えてしまっていたようだ。

出荷ミスであれば、配送手配さえできれば当日中に卸すことが可能である。ミスは最小限で抑えられただろうし、その日のうちにという依頼だったのでなんとかなったはずだ。

だが、如何《いかん》せん、注文された商品はすぐには納品できない。製造に時間を要する特注のケーキだったのだ。それも注文数量が半端ない。

すぐさま工場長に頼み込んだのだが、どう頑張ってもその日のうちの納品は絶望的だったのだ。

まずは現状を伝えるために納品先に行き、頭を下げて猶予をもらってきた。

俺とファミリーレストランの担当者とは、長い付き合いがある。

営業として初めて仕事をしたのが今回の担当者とだったので、ある程度の信頼関係はできていた。

今後を考えて円滑に仕事ができるようにと、部長ではなく俺が笹川を連れて状況確認に行くことにしたのはそのためだ。

向こうの担当者は厳しい人だが、こちらが誠意を持って接すれば耳を貸してくれる人でもある。

だからこそ、こちらとしてもできる限りの手は尽くさなければならない。

そして、このミスは何が何でも笹川に挽回させたかった。

彼の将来のためにも、大事な局面だったからだ。

笹川は入社してそろそろ一年が経つが、まだまだ勉強中の身だ。慣れない仕事でテンパってしまっていたのだろう。それを周りがフォローできなかったのも原因のひとつだ。

まずは笹川から今回のミスがどうして起きてしまったのか。再度詳しく聞き、問題点を洗い出す必要があった。

そう思って、カフェに彼を連れていったのである。

そのカフェは、姉さんの勤め先があるオフィスビル一階にある店だ。

昼休憩がもうすぐ終わる時間帯だったので、足早にお客が店から出ていくのが視界に入る。

混雑が割と落ち着いてきた店内で笹川の話を聞こうと思ったのだが、目の前の彼はとても萎縮してしまっていた。

同じ営業部とはいえ課は違っていたので、彼とは言葉をほとんど交わしたことがなかったので、それも仕方がなかっただろう。

こうして一対一でじっくり話すのは初めてだったが、今回ミスの挽回をするためのアドバイスは必要だ。

そう思って俺が動いたのだが、笹川にすれば緊張するから別の人間が指導に当たってほしい。そんなふうに思っていたのかもしれない。

年が明けて少し経った頃に俺が犀川食品社長の息子だと公表したからだ。

ずっと隠し通していたので、素性を明かしたときには社内に激震が走った。

今までずっと隠していたのは、御曹司だと周りにバレると忖度《そんたく》をされてしまうからだ。

それを恐れた俺は母親の旧姓である手塚を名乗って、つい先日まで一般社員として働いていたのだ。

三月いっぱいで犀川食品営業部を去り、四月付でM&Aで買収した中堅菓子メーカーのCEOとなる予定である。

M&Aをした会社は老舗ならではの旧態依然としたところがあったが、それを一新。新しい風を入れて膿《うみ》を出すことを厳命されている。

若すぎるトップに対して抵抗があるのは、承知の上。それでも立て直ししなくてはならないと思っている。

学生時代からインターンとして、時には他企業の出向社員という肩書きを用いたりして犀川食品の全部門で必死に勉強をしてきた。

どこの部に所属しても、きちんと成果を上げられるぐらいの力はつけたと自負している。

営業部を去る身とはいえ、俺は笹川にしっかりと問題提起をした上で今後の動きについて指導したい。

しかし、俺が社長の息子だという事実が、彼の緊張を誘ってしまっているはず。

だが、きっとそれだけではない。俺の見た目で、怖いと思っている可能性も高いだろう。

昔から「クールに見える」とよく言われ、怒っていないのに「怒っている?」と聞かれることが多々あった。

見目がいいので冷たく見えるのだろう、と友人たちに言われてはいたが、こうして社会人として働くようになってからは特にそれを強く意識する機会が増えた。

笹川は、次期社長に叱咤されると恐れていたのだと思う。

でも、そんなに萎縮していたら、これからミスの挽回をせねばならないのに彼の実力を発揮できなくなってしまう。

どうしたらいいだろうか、と視線を泳がせたときに、視界に飛び込んできたのが真凜だった。

一席空けて右隣に座っている彼女は、俺ではなく笹川をジッと見つめている。

こちらを見ているというのをバレないようにするためか。

メニュー表を盾にしながら両手をギュッと胸の辺りで握りしめ上下に揺らしながら、口をパクパクさせていた。

最初こそ、笹川を見て「格好いい人だな」なんて好意を抱いているのか。そんなふうに思った。

だが、そういった見惚れている表情では決してなく、逆にそのかわいらしい顔が硬くなっているのが気になる。

どうしたのか、と首を捻っていると、彼女の唇が小さく動き出す。

声を出さずに、何を言っているのか。彼女の唇の動きを、横目でこっそりと見つめる。

――が　ん　ば　れ。ま　け　る　な。

口の動きを解読して繋げてみてわかった。

恐らく、俺の目の前で萎縮してしまっている笹川にエールを送っているのだろう。

その表情がどこか必死で、心の奥底から笹川を応援しているのが伝わってくる。

笹川と彼女は、恐らく赤の他人だ。そんな他人を、彼女は心の中で必死に応援しているのだ。

唇をキュッと横に引き結び、笹川と一緒に怒られているような表情を浮かべる彼女。眉を下げ、息を呑んで叱られる覚悟をしているように見えた。

思わず噴き出しそうになったが、慌てて笑いをかみ殺す。

元々、こちらとしても頭ごなしに部下を叱るつもりはない。ただ、営業部の先輩として、彼にミスをしたあとにどう動いたらいいのかを諭すつもりだった。

だが、まったく関係のない彼女が笹川に同情してしまうほど、俺は怖く見えたのだろうか。

少々ショックを受けつつも、笹川に状況の説明を促した。

彼は顔面蒼白で言葉を詰まらせながらも、必死に報告してくる。

彼の話に耳を澄ませながらも、俺の意識はどうしても一つ向こうの席にいる彼女に向いてしまう。

固唾を呑む。まさにそんな形相で、彼女は笹川を見つめている。

そのことがほほ笑ましく思える一方、彼女のキレイな瞳をこちらに向けてもらいたい。

そんな気持ちが込みあげてきて、慌ててそれを否定するようにコーヒーを飲み込んだ。

彼女がこれほど笹川を応援している理由。それは、鬼上司にこれから怒られることを予想して、頑張れと彼を励ましているのだろう。

かわいいと思った。人のために思いを寄せることができる、優しい女性だ。

彼女から視線をそらし、再び笹川に目を向ける。未だに顔は硬直していて、真っ青だ。

怯えている表情の男が、冷たそうな上司を目の前にしているところに遭遇したら、彼女ではなくても心配になるかもしれない。

好きでこんな顔をしているのではないんだ、となぜか見ず知らずのそのかわいらしい女性に言い訳をしたくなってしまったのは誰にも内緒だ。

彼女に気を取られつつも、やらねばならないことがある。俺は笹川を見つめた。

今回のミスは、まだ挽回できる。それに彼が気づかなければ話にならない。

今の笹川は、不安と心配、そして俺に怒られると思って頭が真っ白になってしまっているはずだ。

一度リラックスするべきだろう。まずは腹ごしらえをして、元気を出すところから始めるべきだ。

俺は笹川に何も言わずに立ち上がり、カウンターに向かって歩き出す。

「どこに……？」

弱々しく俺の背中に声をかけてきた彼をそのままにして、カウンターでサンドウィッチを購入した。

パンにハムとレタスが零れんばかりに挟《はさ》まっているサンドウィッチだ。

それを彼の前に置くと、目を白黒させて俺を見つめてくる。

困惑しているのが、手に取るようにわかった。思わず苦く笑ってしまう。

「きちんと食べなければ、頭は回らない」

「はい……」

冷たい人だろうと俺を見て怯えていた彼にしてみたら、こんなことをしてくるのは意外だったのだろう。

素直な男だと苦笑したあと、椅子に腰掛ける。

「ここからが君の正念場だ」

「はい」

背筋を伸ばして深く頷く笹川を見て、ようやくエンジンがかかってきたと安堵して思わず頬が緩む。

君は君ができることをしなさい、と助言したのだが、彼はそれを納得しなかった。取引先会社の担当者はかなりご立腹だったから、取り引きが今後できなくなる恐れがある。だから、自分では無理だと言う。

そんな彼に「そうなったら、そのときだ。次の手を考えよう」と諭す。

やれることはやるべきだ。今できる対応を上げてみなさいと言ったのだが、彼は首を横に振る。

彼は、いくつか手立てが思いついているはずだ。だが、それは同時に会社の不利益に繋がる。それを恐れているのだろう。

そこまで考えが及んでいるのなら、俺は彼の背中を押すだけ。後のフォローは自分の仕事だと言い切った。

大事な顧客だから挽回するぞと諭すと、笹川も腹をくくったようだ。

どんよりとくすんでいた目が輝き出した。その様子を見て、ホッと胸を撫で下ろす。

きっと彼は今回のミスを糧にし、成長できるだろう。

会社に戻っていくつか解決案を上げると言って、サンドウィッチのお礼を言うとすぐさま席を立ってカフェを出ていった。

これからは、直接的に関わる事はなくなるだろうから少しでも対処法などは教えておきたい。

それは、営業部員として俺がするべき最後の仕事だと思っている。

俺はM&Aをした会社の立て直しを終えれば、いずれ本社の経営陣へ戻されるはずだ。

そうしたら、部下たちがのびのびと仕事ができる環境を作りたいと思っている。

その足掛かりとして、営業部を去る前に、部員たちの意識向上を促したいと考えていた。

営業部での最後の仕事として、今回の案件はクリアしたいと考えているし、いずれ後輩を持つ笹川にミス回避のノウハウを教えたいとも思っている。

今回の案件は、不運続きではあった。だが、ミスはミスだ。

それをどう撥《は》ね返すか。それを考えて実行すれば、いつの日かそれが糧となる。

笹川は今回のミスをきっかけに、成長できるはずだ。

「頑張れ、大丈夫だ」

声に出さず唇だけ動かして、もうここにはいない笹川を励ました。

残っていたコーヒーを飲み干したあと、俺も席を立つ。

今からもう一度工場へと出向き、今後の対策を練る予定だ。そして、帰社したら彼のフォローに当たらなければならない。

時間はいくらあっても足りないだろう。

本当はもう一度、心優しい彼女を見つめたかった。だが、こちらからの視線に彼女が気づいてしまったらばつが悪い思いをするはずだ。

後ろ髪を引かれる思いがしたが、足早にカフェの扉を引いた。だけど、どうしても彼女の顔が見たくて、遠目に彼女が座る席を見つめる。

かわいらしい女性に「ありがとう」と心の中で呟いて、もう会うことはないのだろうと寂しい気持ちを抱きながらカフェを出たのだが……。

それからもふとした折に脳裏に浮かんだ女性と、再会して身体を重ねるなんてあのときは想像などできなかった。

それも、彼女が力尽きて眠ってしまうほどがっついてしまうなんて。自分が、未《いま》だに信じられなかった。

こんなふうに欲情がかき立てられて、女性を抱き潰した経験はない。

それどころか、そもそもの行為があまり好きではなかった。

恋愛に前向きになれなかったのは、家庭の再建に躍起になっていたことが最大の理由ではある。でも、それだけではなかった。

恋愛に淡泊で、人を愛するということにどこか疎《うと》い自分がいたからだ。

恐らくだが、離婚してしまった両親が原因なのではないか。

彼らを見て、男女の関係は時に脆《もろ》く崩れてしまうものだと思っていたからだろう。

そんな空しい関係性になるのなら、最初から築かなければいい。

意固地なほど、そう思っていたのは少し前までの自分だ。

だが、不思議なことに彼女だけは別だった。

カフェで出会った女性がなぜかずっと心の奥底にいて、ふとしたときに思い出す。

特に、弱って辛いときは救いを求めて彼女の顔を脳裏に浮かべた。

彼女を思い出そうとする自分に、理解不能な感情だなと思いつつも見ぬ振りをしていた。

そして、今夜。バーにやってきた彼女を見かけて、恋愛感覚に似た直感が脳裏を過ったのだ。

彼女がずっと欲しかったんだ、と。

だから、真凛が「私が何もかもを忘れさせてあげましょうか？」と言ってきたときは、耳を疑いつつも高揚する気持ちを隠しきれなかった。

彼女は男を誘うのは慣れているといった体裁で言ってきたのだが、それは嘘だとすぐに見破る。

必死に隠してはいたが、彼女の初々しさを見れば一発でわかった。

慣れないことを彼女がした理由。それは、俺に同情していたからだろう。

酒を浴びるほど飲み、寂しさと後悔に打ちひしがれた男を見て切なく思ったからだ。

哀れな俺を助けてあげたい。そんなふうに思ったのだろう。

優しい彼女だから、俺を放っておくことができなかったのだ。

それに、彼女も寂しさを抱いていることに薄々感づいていた。彼女の足元にあった引き出物の袋を見て容易に予測がつく。

親しい友人が結婚すれば、喜びもひとしおだろう。だが、そこに一抹の寂しさが紛れ込むのかもしれない。

一人だけ取り残されたような、空虚な思いを彼女は抱えていたのではないか。

お互いが同じ思いを抱いていたからこそ、今夜の二人があったのだろう。

そう思う一方、彼女は誰にでも聖母みたいな慈悲深い顔を見せるのかと切なくなった。

もし、今夜彼女があのバーに来たとき「寂しさに潰されそうだ」などと言う男が他にいたら？

真凛は優しく抱きしめたのだろうか。想像しただけで、嫉妬で理性が焼ききれそうになった。

嫉妬から逃れるために、彼女の身体と心に自身を埋め込みたくなって無茶をさせてしまったことは否めない。

「ごめんな、真凛」

疲れ果てて眠ってしまった彼女に今謝罪したとて、この気持ちは届かないだろう。

「だけど、ありがとう」

彼女に、自分が何をするべきか。これからどう生きていくべきか。その指標を授けてもらった気がする。

そして、もう彼女を手放せなくなっている自分の感情にも気がついた。

「離さない」

誰も目に入らない。彼女しか欲しくない。

布団に入り込んで彼女の隣に寝転がり、真凛を背後からキュッと抱きしめた。

ぬくもりが心地よい。こんなふうに人のぬくもりに包まれたのは、いつぶりだろうか。

明日、彼女が目を覚ました時点からが勝負だ。
恋に落ちた自分の執着心を、彼女には受け止めてもらわなければならない。
彼女の髪に顔を埋めて、甘い香りを胸いっぱい吸い込む。
すると不思議なもので、あれだけずっと眠れなかったのに心地よい眠気が襲ってきた。
「おやすみ、真凜」
彼女に、これからもっともっと溺れていく。そんな自分が容易に想像できる。
――だが、それも悪くない。
俺は彼女の香りに癒やされながら、柔らかい裸身を抱いて眠りについた。

4

休日の清々しい朝だ。

通常時なら、「さぁて、溜まった家事をちゃちゃっとやっつけちゃいましょう！」と気合いを入れて掃除や洗濯に励んでいる日曜日の午前中。

しかし、今日の私は少々……いや、かなり通常時とはかけ離れた事態に陥っていた。

スタイリッシュで雰囲気のいい、広めの部屋。日差しがカーテンの隙間から零れ落ちている。

それなのに、ここにいる私が場所違いだと思うのはどうしてだろう。

もちろん、下町にある古い民家の一室ではない。温かで軽い羽毛布団の裾をギュッと握りしめて、夢うつつな状態の頭をなんとか働かせて現実を見ようと努力する。

雰囲気からして、誰かの部屋ではない。ホテルの一室といった感じだ。

だが、ビジネスホテルのようなワンルームではない。きちんとベッドルームが別室にあるように感じる。

先程から〝感じる〟だけしか思えないのは、布団を目元までキッチリ被ってキョロキョロと目だけを動かしているから。

大きなベッドは、寝具も最高で寝心地は抜群。

素敵なお部屋に、キングサイズのベッド。バカンスでラグジュアリーホテルに泊まったのであれば、テンションは上がっているだろう。

けれども、私は現在バカンスに来ているわけではないし、非日常を楽しむために奮発して高級ホテルに滞在しているわけでもない。

——ある意味、非日常すぎてどうしたらいいのか……。

ようやく頭が冴えてきて、昨夜の出来事をすべて思い出した。

ここは都内でも有名な老舗ラグジュアリーホテルの一室だ。それも、なかなかなランクの部屋だった記憶がある。

フロントでホテルマンが「スイート」と言っていた気がする。

そんな高いお部屋で大丈夫かと心配に思ったのは、一瞬だった。すぐに、彼の熱に蕩けてしまってその不安は見事に消えてしまったのだから。

身体を起こし、胸元までシーツをたぐり寄せてから部屋を見回す。でも、そこには一緒に泊まった彼はいなかった。

もしかして私を置いて帰ってしまったのか、と少々寂しさを覚えたのだが、微かに水音が聞こえる。

どうやら、昨夜この部屋を一緒に使った相手はシャワーを浴びているようだ。

すぐに顔を合わせなくてもいい状況にホッとしながら、昨夜を回想する。

あのときの私は、いつもの私ではなかった。

ワンナイトラブなんて勇気がいるからできない。

常々そんなふうに思っていたのだが、無理だと思っていたことをなんなくやってしまったのである。

人間、肝が据わると何をしでかすかわからないものだ。大胆だった自分を思い出して呆然としてしまう。

ただ、昨夜は特別だった。彼を……犀川さんを一人にしたくないと、強く思ったからだ。

一夜が明けてもその気持ちに変わりはなく、彼を一人にしなくてよかったと思っている。後悔はない。

私は彼に「忘れさせてあげる」と言って、一夜を一緒に過ごそうと暗に伝えた。

そうして、なだれ込むようにベッドへ入って彼と一夜をともにしたのだ。

彼の悲しみを癒やしてあげたくて、元気になってもらいたくて抱きしめたのだけれど……。

逆に、私の方が慰められたような気がする。

ソッと自分の胸に手で触れ、ささくれだった気持ちが丸くなっていることに気がつく。

友人たちが続々と結婚し始め幸せになっていくのを見て、嬉しい反面寂しさと焦りが込みあげてきていた。

皆の幸せをお祝いしたいのに、心の底から喜べない自分に嫌気が差していたのだ。

家族や周りの人間からは、私は守らなくてもいい人間だと思われている。

しっかりしているから。そんな言葉を幾度となく聞いてきた。

そして、それに応えようとしていた自分がいたのも事実だ。

皆からの期待を裏切りたくないとも思うし、せっかく頼ってくれるのなら応えたい。

そんな気持ちがあるのは間違いない。

だけど、私だってたまには甘えたい。ソッと抱きしめて「辛かったね」「一人で頑張らなくていいよ」なんて言葉を言ってもらいたいときだってある。

自分は強いと思っているだけで、本当の私は弱くて甘えん坊なのかもしれない。

だから、あのカフェで犀川さんに惹かれたのだろう。

部下を労り、慈しみ、さりげなく支えている彼。こんな素敵な人に、甘えさせてもらいたい。そんなふうに思ったのだろうか。

現に昨夜、彼にたっぷりと甘えてしまった。甘えたいという私の気持ちを汲《く》んで、彼はこれでもかというぐらいに甘やかしてくれたのだ。

今までこんなに言われたことないほど「かわいい」と囁かれ、「もっと甘えていい。真凜は、強がりだな」とキスをたっぷりしてくれたのだ。

優しい手つきで、決して無理強いはされなかった。労り尽くされた記憶しかない。

すっかり心が軽くなったのは、確実に犀川さんのおかげだ。

一分一秒ごとに彼を好きになっていく。そんな感情に、気がついてしまった。

お互い勢いだけでベッドに縺れ込んでしまった件について、犀川さんがどう思っているかはわからないが私は後悔していない。

それどころか、身体を重ねたことによってより彼が好きになってしまった。

もっともっと彼が知りたい。込みあげてくる感情に名前をつけるとしたら、間違いなく一つしかないだろう。

「恋……しちゃった」

彼のことを考えるたびに、胸がかわいくキュンキュンと鳴いている。それが幸せな鼓動で、頬が緩んでしまう。

幸福な気持ちに浸っていると、ベッドルームの扉が開く音がする。

ハッとして顔を上げると、そこにはバスローブを着た犀川さんが立っていた。

濡れ髪をタオルで拭きながら、こちらに向かって歩いてくる。

キチッとスーツを着ている彼も格好よかったが、無防備な彼も素敵だ。

前髪から滴《しずく》が落ちていく。その様子がとても艶っぽくて直視できないほど。

大人の色気を目の当たりにし、息が苦しいほど心臓が高鳴ってしまう。

しかし、今更ながらに彼を前に不安が込みあげてしまった。

私は、すっかり彼に心を許しているし、恋をしてしまっている。これからもっと彼を好きになっていく。そんな予感がしているのだ。

だけど、彼はどうなのかはわからない。

弱っていたから、都合よく私を抱こうと思ったのか。

もしくは、ワンナイトラブだから後腐れなくこれっきりでさよならと告げるつもりかもしれない。

昨夜の彼の優しい言葉は口説き文句であって、他の誰かにも同じことを言っているのだとしたら……？

――ダメ、耐えきれない。

彼から視線をそらし、ギュッとシーツを握りしめる。

どうすれば、彼とこれからも会えるようになれるのか。

グルグルとあれこれ考えるのだが、何も思いつかない。

すると、急にベッドのスプリングが揺れた。驚いて顔を上げれば、犀川さんはベッドに腰掛けて私の顔を覗き込んでくる。

「大丈夫か、真凜」

「え？」

「昨夜は無理をさせたな。身体は大丈夫か？」

「えっと、あの……」

彼が更に私に近づいてくる。鼻腔を擽るのは、ボディーソープの香りだろうか。

昨夜とは違った香りがする。そんなふうに思っていると、スパイシーで男性特有の色気を感じるようなフレグランスの香りと一緒に、彼の姿や熱、そして囁いてきた言葉が次から次に脳裏に浮かんできてしまった。

あんな情熱的な夜を過ごした経験がなかった私には、思い出すだけでも刺激が強い。

顔が熱くなってくる。だが、視線をそらせない。

キスしてしまいそうな距離に彼はいて、私の目をジッと見つめているのだから。

彼はとても心配そうにしていて、私の身体を気遣ってくれているのだとすぐにわかった。

そんなところも素敵だな、と思いながら、私は小さく頷く。

大丈夫だと伝えたつもりだったが、なぜか彼の顔が辛そうに歪んだ。

え、と驚いていると、「失礼」と謝られたあと、シーツごと私を抱き上げたのだ。

「え？　え？」

想像もしていなかった事態に、頭が真っ白になった。だが、彼は私を抱き上げたまま、どこかに行こうとする。

まさか外には出ていかないだろうと思ったが、私は慌てて声を上げた。

「犀川さん!?　どこに行くんですか？」

「風呂だ」

「は？　お風呂？」

「昨夜のままだから、シャワーを使いたいだろう？」

「えっと、はい。使いたいですけど……」

シャワーを浴びたいのはもちろんだが、どうして彼が私を抱き上げてバスルームに行く必要があるのか。

問う暇を与えられないまま、彼はパウダールームの扉を開く。そして、私をようやく床へと下ろしてくれた。ホッとしたのもつかの間、彼の手は私が身体に巻きつけていたシーツを剥がそうとしてくる。

「ちょ、ちょっと！　犀川さん!?　何をしているんですか！」

シーツを引っ張ろうとする彼に抵抗し、私もシーツを握る手の力を強める。

抵抗する私に、彼は眉間に皺を寄せて訝《いぶか》しがった。だが、こちらとしても負けてはいられない。

首を横に振って拒否する私に、彼は「なぜだ？」と不満そうに顔を歪めた。

「シャワーを浴びるのに、シーツは邪魔だろう？」

「その通りですけど。どうして犀川さんがシーツを剥ぐんですか？　自分でできます！」

「そうか」

「そうですよ！」

キッパリと言い切ると、ようやく握っていたシーツを離してくれた。

胸を撫で下ろしていたのだが、すぐにその胸はこれ以上ないほど大きく高鳴る。

「犀川さん!?」

「どうした、真凜。やっぱり動けないか?」

「そ、そうじゃなくて……」

「そうじゃなくて?」

彼は、不思議そうに首を傾げている。冗談やからかいでやっているわけではなさそうだ。

戸惑いつつ再び彼を見て、慌てて顔を両手で覆う。

今、目の前で起こっている事態にパニックになってしまう。

「どうして犀川さんがバスローブを脱ごうとしているんですか?」

「どうしてって……。風呂に入るからだが?」

「ですから、どうしてお風呂に入る必要があるんですか!?」

彼がバスローブをはおってくれない限り、顔から手を外せない。それに、バスルームにだって入れないだろう。

何より、先程まで彼はシャワーを使用していたはず。それなのに、なぜ再びシャワーを浴びる必要があるのか。

そう訴えると、彼からは不思議そうな声が発せられた。

「必要はある。真凜を洗ってあげなくては」

「は⁉」

まさかのまさかで、斜め上いく言葉が返ってきた。驚きすぎて思わず顔を覆ってい
た手を外してしまう。

飛び込んできたのは、男性らしいフォルムの色気漂う裸身。

この身体に昨夜抱かれたのだ。甘すぎる夜を同時に思い出してしまい、再び顔を手
で覆った。

隠した顔はとにかく真っ赤だろう。めちゃくちゃ熱くなっている。

「どうして裸になっているんですか？」

「だから、真凜の身体を洗ってやるためだ」

「ですから！　どうして犀川さんが私の身体を洗う必要があるんですか⁉」

私の言い分は尤もだと思う。恥ずかしいから、さっさとバスローブを着直してここ
から出ていってほしい。

身体中が熱くなっているのを感じていると、彼が近づいてきたのがわかった。

とにかく早く離れてほしいと願っていた私の手に、柔らかい感触がする。

指と指の間を開いて恐る恐る見ると、彼は私の手の甲にキスをしてきたのだ。

「さ、犀川さん!?」

驚きすぎて後ずさると、彼の手が私の背中に触れる。

「危ない。立っているのも辛いだろう？　昨夜、かなり君を激しく抱いたから」

「な、何を……」

まさか真顔で言われるとは思っていなかった。

背中に触れている彼の手から熱が伝わってきて、より恥ずかしさが込みあげてくる。

離れてください、とお願いしようとした瞬間だった。

巻きつけていたはずのシーツが、バサッと音を立てて床に落ちていく。

ハッとしたときには遅かった。裸になった私を彼は抱き上げて、バスルームへと入っていく。

「自分でできます！」

「大人しくしていろ。落っこちるぞ？」

「っ！」

落ちたときの衝撃を想像して身体を硬直させると、彼は色気ダダ漏れの笑みを浮かべた。

「俺が絶対に落とさないけどな」

「さ　い　か　わ　さ　ん！」

睨みつけて、「私は怒っていますよ」とアピールしたが、そこはスルーされる。

彼は私をバスチェアに下ろしたあと、ポンポンと頭に優しく触れてきた。

「いいから、大人しくしておけ。疲れているだろう？」

「……」

実は彼の言う通りだ。足に力が入らなくて立っているだけでもやっとだ。

先程は、彼が支えてくれていたから立つことができていただけ。

鏡には真っ赤な顔をしてバスチェアに座る私と、背後に全裸で立つ犀川さんの姿が映っている。

このあり得ない状況に目をそらして、首を横に振った。

——こればかりは無理だ。恥ずかしくて目眩《めまい》がしそう。

犀川さんにしてみたら、善意なのだろう。だけど、私には刺激が強すぎる。

首を横に振って拒否し続けると、彼は腰を屈めて淫靡《いんび》な色を含めた声で囁いてきた。

「もう、全部見させてもらった。真凜の身体で知らないところはないはずだ」

「な……なっ……！」

「隠す必要なんて、どこにもないだろう?」

その通りだが、それは言わないお約束ではないか。

淫らな夜を思い出させるような声色に、何も言えなくなってしまう。

ワナワナと唇を震わせている間にも、犀川さんはテキパキと私の身体を洗う準備をしていく。

結局、拒否の言葉は聞き入れてもらえなかったが、色っぽい雰囲気にならず労ってくれる。

身体が疲れきっていて力が入らないのと、何を言っても「大人しくしていろ」というなされ半ば強制的に身体を洗うと決めてしまっていた彼に反抗するのも疲れて、されるがままになってしまった。

髪の毛を優しく洗ってくれ、もちろんトリートメントまでしっかりしてくれる。

ただ、身体の方は私が恥ずかしがったので、彼はようやく私にスポンジを渡してくれた。

無理強いはしない。そういうところは、昨夜の彼も同じだった。

バスルームに強制連行したのは、私が立てないほど疲れているのがわかったからだ。

確かに足がガクガクするので立つことは困難だった。だから、彼の気遣いはありがたい。

しかし、羞恥でどうにかなってしまいそうだ。

バスルームを出たあとも、彼は甲斐甲斐《かいがい》しく世話を焼いてくれる。

バスローブに着替えるのも、ドライヤーで髪を乾かすのも、すべてやってくれた。

私が手を出そうとすると「俺の仕事を取るな」となぜか私の世話が犀川さんの仕事に加えられていたのは納得がいかない。

だが、彼の手や声、そして表情がとても優しいから、私はそれ以上拒めずに受け入れてしまった。なかなかに順応性がある自分に驚きだ。

基本、私は人の世話をすることはあっても、世話を焼かれることはない。

唯一世話を焼いてくれた人は、母だけだ。でも、もうこの世にいない母は、私を二度と甘やかしてはくれない。

久しぶりに人に甘やかされて、擽ったいような嬉しいような不思議な気持ちだ。

もしかしたら、これでさよならかもしれない。そんな不安を抱いていた私としては、こうして少しでも彼のそばにいられて幸せを感じる。

すっかり昨夜の空気を洗い流した自身の身体は、ホカホカに温かくなりキレイになった。

犀川さんはドライヤーを片付けると、パウダールームから出ていく。

その背中を見送りながら、私は椅子に座り続けていた。

身体が温かくなって、また眠ってしまいそうになりながら、これからのことをボーッと考える。

このあとは昨夜のパーティードレスを着て、ホテルを去るだけ。それまでに、なんとかして今後も彼と会えるようにしたい。

彼に聞けば、連絡先を教えてくれるだろうか。

そんなことを考えていると、犀川さんはパウダールームに戻ってきて、私を再び抱き上げた。

「え？　え？　犀川さん？」

彼は無言のまま、私を抱いてベッドルームへ向かっていく。

また抱かれてしまうのか。少々身構えていると、彼は私をベッドに寝かせて布団をかけてくる。

「ちょ、ちょっと待って？　犀川さん」

「どうした？　ああ、大丈夫だ。先程、シーツは新しいものに替えたから」

「いや、そんな心配をしているわけじゃなくてですね」

どうしてまた寝かされたのだろう、と首を捻っていると、彼はベッドに腰掛けて私を見下ろしてきた。

「もう少し眠った方がいい。身体、辛いだろう?」

「えっと、大丈夫です。それより、着替えたいんですけど……」

脱ぎ捨ててしまったはずのパーティードレスや下着類が見当たらない。

上体を起こして見回していると、彼はベッドルームから出て紙袋を二つ手に持ち戻ってきた。

「こちらは、昨日着ていたドレスと下着だ。君が眠ったあとに、クリーニングに出しておいた」

「……お手数をおかけしました」

私が力尽きて眠っている間に、犀川さんはそこまで気を回して動いてくれていたのか。

本当に至れり尽くせりだ。甘やかされていると実感して、鼻の奥がツンと痛くなる。

異性にここまで尽くしてもらった経験がない私は恐縮してしまうが、何だか嬉しくなってくる。

頭を下げると、また私の頭に優しく触れてきた。彼はどうやら頭を撫でるのが好きらしい。

その心地のよさにウットリしていると、彼はもう一つの紙袋を差し出してきた。

「君が寝ている間に、ホテルのブティックで服を用意してもらった」

「え？　だって、まだ時間……」

先程時計を確認したが、九時を過ぎたばかりだったはず。私が眠っていた間となれば、お店は開いている時間ではなかっただろう。

「その店は知り合いがオーナーだ。早めに開けてほしいとお願いした」

「え……」

「俺は女の服に疎い。だから、オーナーに君の印象を話していくつか見繕ってもらった。その中で君に似合いそうだと思ったものを選んできたのだが……。気に入らなかったら悪い」

そう言って彼が紙袋から取り出したのは、ワンピースだった。

軽やかな透け感があるシフォン素材のそれは、ベージュ地に赤の小花がプリントされている。

フレンチ袖はボリュームがあって、胸元にはかわいらしいリボンが。

裾に向かって細かいプリーツが施されていて、フワリとしたシルエットが素敵なワンピースだ。

「かわいい……」

思わず零れてしまった呟きだったが、彼の耳には充分届いたようだ。

「よかった」

柔らかくほほ笑む様は通常時とのギャップがあり、本当に魅力的でドキドキと心臓の音がうるさくなる。

でも、咄嗟《とっさ》に我に返って首を横に振った。もらう理由がないからだ。

それを伝えると、彼は急に悲しそうな表情になる。

「君に似合うと思ったのだが……気に入らなかったか？」

「いえ、そういうわけじゃなくて」

「じゃあ、今からもう一度ブティックに行こう。君が気に入る洋服があればいいが」

何やら誤解している上に、的外れなことを言い出した。

彼を止めなければ、ますます大変な事態に陥ってしまいそうだ。

私はワンピースを抱えながら、首を横に大きく振る。

「すっごく好みです。ありがとうございます！　着替えます！」

そこまで言うと、彼の口角が意地悪く上がった。その様子を見て、彼にまんまと嵌められたとようやく悟る。

初めて見る彼の意地悪な一面だが、その表情が魅惑的に見えて困ってしまう。

――ダメだ。恋愛フィルター発動しちゃっている！

どんな彼でもドキドキしてしまい、抗議してもいい場面なのに胸がときめいてしまってそれができない。

自分が、こんなにも簡単に心動かされてしまうなんて思いもしなかった。

加速していく恋心に戸惑ってしまう。だけど、ワクワクしている自分もいて困り果てる。

少し落ち着きなさいよ、とも思うのだが、皆のフォローに回るばかりで特に恋愛に関しては積極性が足りない。

待っているだけでは恋はやってこないとわかっているのに、二の足を踏んでいた今までの自分。

しかし、昨夜の私は無意識にその殻を破っていた。今思い返しても、よくあんな大胆なまねができたものだと思う。

今までを思えば、雲泥の差だ。

積極性の面だけを見れば、いい傾向と言えるのかもしれない。

あれこれ考えていた私を、現実に戻したのは犀川さんだった。

唇に昨夜与えられた熱が再び加えられたからだ。

ハッとして目を見開けば、息遣いがわかるほど近くに彼がいて労るようにほほ笑んでいる。

「やっぱり疲れているだろう？　眠った方がいい」

そう言って私を寝かせようとする彼を止め、首を横に振った。

「いえ、大丈夫です。それより、お話ししませんか」

ベッドに正座になり、私は緊張でドキドキしながら彼を見つめる。

私は、問題を先送りにするのは苦手だ。ずっとその案件について考え込むことになり、そんな時間はもったいないと感じるから。

はっきりさせるのは、正直言って怖い。もっと時間をかけて、何かしらの手立てを講じるのがいいのではないか。そんなふうに問いかける自分が心の中にいるのも事実だ。

だけど、悩む時間が我慢できない。これっきりだというのなら、スッパリ諦めるしかないのだ。

始まりが始まりなのだから、それも致し方ないだろう。ただ、後でめちゃくちゃ落ち込むだろうことは目に見えているのだけど。

この機会を逃してしまったら、もしかしたら二度と彼と会えなくなるかもしれない。

それなら、ここで勝負に出なければならないだろう。

膝の上に置いた手をギュッと握りしめて、覚悟を決めた。

「あのですね、犀川さん」

「ストップ」

「え？」

出鼻を挫かれて、私は口をぽっかりと開けて呆《ほう》けてしまう。

犀川さんはどこか真剣な顔つきになり、何も言わずにベッドから離れていく。

このままどこかに行って、私の告白を聞かないつもりかもしれない。

そんな不安に駆られてベッドから下りようとしたのだが、彼はすぐにこちらに戻ってきた。

そして、正座をしている私を見て、彼もベッドに上がって正座をする。

蜜夜を過ごした翌日、ベッドの上で正座をする大人二人。

どう見ても、異様な光景だろう。

戸惑っていると、犀川さんは名刺ケースから一枚の名刺を出して、私に差し出してきた。

「昨夜はきちんと挨拶《あいさつ》もせずに失礼した。犀川良之助《りょうのすけ》という」

「犀川……良之助さん」

神妙な顔つきの彼を見て困惑に心が揺れる。

名刺を見下ろし、「頂戴いたします」と彼の手から名刺を受け取る。

犀川良之助。国内大手食品会社で有名な犀川食品のグループ会社にお勤めのようだ。

いや、問題はそこじゃない。

――待って！　この人、もしかして〝あの〟犀川食品の御曹司なんてことないよね？

社名と名字が一緒だと気がつき、緊張で身体が震えた。

かなり仕事ができそうだと感じていたし、あの部下の男性は彼に頼りきっている様子だった。

だからこそ、年上に違いないと思っていたのだが……。

しかし、名刺に書かれている肩書きを見て目眩を起こしそうになった。

犀川食品のグループ会社とはいえ、ＣＥＯなんてトップの座に三十前後の若い人がなれるものなのだろうか。

ＣＥＯは、最高経営責任者の名称だったはず。とんでもなく大変な役職である。若くしてベンチャー企業のＣＥＯになった人がいることは聞くが、それは自ら起業した場合のイメージなのだが……。

犀川食品といえば、有名なのはお菓子だ。テレビでは連日色々な商品のＣＭが流れ、スーパーやコンビニに行けば必ず商品を目にしたりする。

国内だけに止《とど》まらず、今は世界進出もしている犀川食品だ。とにかく大企業という認識で間違いはないはずである。

彼は、そんな大企業のグループ会社のトップらしい。ますます犀川家との繋がりが確実なものに感じてしまう。

名刺に書かれた〝ＣＥＯ〟の文字から目が離せないでいると、彼は私の気持ちを汲んでくれたらしい。

困ったように小さくほほ笑んだあと、にじり寄るように私に近づいてきた。

「真凜が想像している通りだと思う。俺は、犀川食品の社長の息子だ。その縁で、今春グループ会社のＣＥＯになったばかり。血縁だから就任できた、なんてよく言われるが」

自虐っぽく苦く笑う彼を見て、私は大きく首を左右に振る。

「そんなことない」

「え？」

ちょっぴり寂しそうな目をした彼を、私は必死に否定した。

「絶対にそんなことない。実力が認められたから、犀川さんはグループ会社を任されたんだと思う」

「真凜」

目を見開いて驚いている彼に、私は断固として言いきる。

「私は犀川食品の社員じゃないけど、言いきるよ。だって、ミスをした部下に対応していた犀川さん。私の理想の上司だったもの」

「え？」

ますます驚愕の表情を浮かべる彼に、私は白状した。

「私、実は犀川さんを……一度だけ見かけたことがあるんです。そこで、犀川さんと部下の男性が話しているのをこっそり見ていました」

「いつ……？」

「えっと、三月ぐらいだったと思います。犀川さん、ミスをした部下の男性をカフェでフォローされていましたよね？」

犀川さんの薄い唇が、ゆっくりと小さく開く。だが、そこから言葉は発せられない。かなり驚いているようだ。それも仕方がないだろう。

犀川さんからしたら、昨夜バーで会ったのが私との初対面だと疑わなかったはずだ。未だにビックリしてあまり身じろぎしない彼を見て、私は小さく笑った。

「私、部下の男性が怯えているのを見て、ネチネチ文句を言って罵倒するイヤな上司なんだろうってはじめは思っていたんです。だけど、それは勘違いでした」

きっと部下の男性も私と同じことを考えただろう。

身構えていた彼が、ホッと胸を撫で下ろし、犀川さんにアドバイスされるたびに部下の彼の顔は明るくなっていったのだから。

クールで冷たい印象の彼だったのに、最後は素敵な上司だなと思ったのは嘘ではない。

「すっごく、すっごく素敵な上司だなって。部下の男性が羨《うらや》ましくなりました」

「っ……」

「私は犀川さんたちが座っていた席から、少し離れたテーブルにいて盗み見していました。ごめんなさい。でも、どうしても目が離せなくなってしまって……」

最初の印象は最悪だったのに、彼が席を立つ頃には、あまりの素敵さに憧れに似た気持ちを抱いてしまっていた。

犀川さんは、容貌は言わずもがな魅力溢れるイケメンだ。

誰もが振り返るような男性で、女性ならのぼせ上がってしまうだろう容姿端麗な人。

だからこそ、かえって誤解されることが多いのだろうか。

キレイ系イケメンにも、それなりの悩みがあるのかもしれない。カフェでの一件を見て、私はそう考えた。

冷たく見える彼だが、本当はとっても優しくて気遣いのできる大人な男性だと思う。

昨夜も、そして今朝の彼のどんな表情や仕草、言動からも、私をとても労ってくれているのが伝わってくる。

人間的にも尊敬できるし、優しいと思う。恋に落ちていくのは必然だと思えるほどに、私はすっかり彼の魅力に嵌《は》まってしまった。

「だから、私はビジネスマンとしての犀川さんを少しだけ知っています。あの部下の男性も思ったはずです。こんな素敵な上司がいてくれてよかったな、って。私は……犀川さんを誤解している人に言いたいです。犀川さんがCEOに就いたのは、血縁とか関係ない。彼の実力なんだって」

思わず熱く語ってしまった。だって我慢できなかったのだ。

犀川さんを誤解している人に、彼という人間をもっとよく知ってくださいと訴えたい。

私は、完全に部外者だ。

それでも、どうしても許せなかった。血縁だというだけで、そんな重大な仕事を任せられるわけないではないか。

もし、血縁だからというだけで会社のトップを任せたのならば、犀川の経営陣の目が鈍っているのだ。

だけど、これだけの大企業の経営陣である。甘えた考えを持っているわけがない。かなりシビアなはずだ。

「犀川さんを妬《ねた》んでいる人の声なんて聞かなくていい！　私はそう思いますっ！」

気がつけば、息を切らして自分の考えを吐き出していた。

はぁはぁと肩で息をしていると、何も言わずに私をジッと見つめていた犀川さんの視線を感じてようやく我に返る。

——私ったら、何を熱くなって語っているのよ！

布団をたぐり寄せて、隠れてしまいたい。キョロキョロと辺りを見回すのだが、残念ながら布団は彼の背後にある。

あぁ、と声にならない叫び声を上げていると、クスクスと楽しげに笑う声が聞こえた。

「さ、犀川さん？」

最初は小さく笑っていたのだが、次第に肩を震わせて豪快に笑い出した。

そんなに笑わなくたっていいじゃないか。そう言って抗議の声を上げようとしたのだが、その言葉を発せなかった。

彼が、幸せそうしていたからだ。

その笑みは、あの日カフェで見かけた柔らかい笑みによく似ていた。

昨夜の消えてしまいそうな彼は、いなくなったことを知って嬉しくなってくる。

声を上げて泣けない彼の代わりに、私が泣いてしまおう。そして、私がそばにいて彼をずっと笑わせてあげたい。

彼に向かっている好きという感情は、どんどんと膨らんでいる。

ともすれば、想いが溢れてしまいそうなほどだ。

涙目の私を見て、犀川さんは大きな手で目元を拭ってくれる。

「真凜、俺のために泣いてくれるのか？」

「……だって、犀川さん。泣けないでしょ？」

何だか恥ずかしくなって「えへへ」と笑って見せると、彼の腕の中に導かれた。

「さ、犀川さん？」

ドキッとして声を上げた私を、彼はより力強く抱きしめてくる。

犀川さんの香り、体温、息遣い。それらを感じ取れる距離にいる。それが私の鼓動をもっと速くさせていく。

「真凜」

「はい」

「好きだ」

心臓が止まるかと思った。聞き間違えかと、私の耳が都合よく言葉を変換したのかと疑ってしまう。

そんな私の複雑な気持ちを察してか。彼は、ゆっくりと自らの腕の中から私を解放して視線を合わせてくる。

ふとすれば、冷たそうに見える切れ長で魅力的な目。だが、今の彼の目からはどこか熱を感じる。

吸い込まれそうなその情熱的な瞳に魅せられていると、犀川さんの顔は私を見て愛おしいと言わんばかりな表情になった。

胸がキュンと鳴き、呼吸がうまくできない。

「好きだ。真凜」

「犀川さん」

「俺も……君に気がついていた」

「え？」

まさか、と思って彼の目を見つめたら、ゆっくりと目元が緩まっていく。その様子を見て、本当なのだと知る。

「仕事でミスをした部下に、頑張れって応援している真凜がかわいかった」

「え……？　え!?　そこまで知っていたんですか？」

あのカフェで私の存在に気がついていた上、覚えていたことにも驚いたが、まさかそこまで気づかれていたというのか。

私の動作の一部始終を覚えているのは、私と同様に彼も私を観察していたということだ。

羞恥で顔を赤らめて視線を泳がせると、「こっち見て」と彼は私の右頬に手を添えた。

必然的に犀川さんの顔を見つめることしかできなくなった私は、ドキドキしながら彼を見つめる。

「全然関係ないのに、部下にエールを送っている優しい君が魅力的だった」

「ちょ、ちょっと待って！」

何だか彼を止めなかったら、めちゃくちゃ恥ずかしい言葉を言われ続けそうな予感がする。

だからこそ制止したのに、彼はその声を無視して続ける。

「待てない」

キッパリと言いきる犀川さんを前に、何も言えなくなってしまう。

彼は私の頬を手で撫でながら、悲しそうに眉尻を下げる。

「部下の笹川の応援をしたのは、俺を鬼上司だと君が思っているのかと、あのときはちょっとショックだった。だけど、人のために必死に応援している君が本当にかわいかった。笹川にアドバイスをしなくてはいけないとわかっているのに、どうしても意識が真凛に向かってしまっていたんだ」

サラリと彼の指が目尻辺りに触れる。その触れ方がドキッとするほど淫靡で、心臓が早鐘を打ってしまう。

「もう二度と会えないだろう君のことが、ずっと心から離れてくれなかった」

「え……？」

首を傾げると、彼は真摯な目を向けてくる。絶対に逃がさない。そんな強い意志を感じる。

胸のときめきを抑えるなんて到底無理だった。

ソッと彼の腕に手を伸ばしながら期待をしてしまう。彼もまた、私と同じだったのかもしれない、と。

ドキドキしすぎて自分の鼓動しか聞こえなくなっていると、彼ははっきりと言った。

「昨夜、君に声をかけたのは弱っていたからだけじゃない。君の優しさが欲しかっただけじゃない。二度と会えないと思っていた真凜に再会できた。絶対にこのチャンスを逃したくない。真凜を離したくない。そう思ったから」

「犀川……さ、ん」

涙が零れ落ちてしまい、涙声で彼の名前を呼ぶ。

すると、彼は頬を伝った涙を男らしいその長い指で拭ってくれた。

「俺は君に恋をしたんだ。カフェでの君と、昨夜背伸びをして俺を甘えさせてくれた君に」

「背伸びって……わかっていたんですか？」

確かに普段の私なら絶対にあんなこと言わない。ワンナイトラブになるような遊びの行為なんて毛嫌いしているぐらいだ。

驚きで目を瞬かせていると、彼はフッと頬を緩めてほほ笑む。

「背伸びだろう？　本来の君は、大胆に男を誘うような女じゃない。わかっているよ」

「犀川さん」

嬉しかった。鼻の奥がツンとして痛くなる。

「それに、俺だってこんなふうに女と一夜を過ごしたのは初めてだ。見知らぬ女が誘ってきたって速攻で断っているから」

「はい……」

「だけど、真凜だけは別だった。昨夜バーで見かけたとき、これからも会えるようにするにはどうしたらいいのか。ものすごく考えたよ。だから、きっと……」

犀川さんは言葉を一度止め、私を乞うような声色で甘く囁いてきた。

「真凜が誘ってくれなかったら、俺が誘っていた」

「犀川さん」

「真凜、君が好きだ。君以外考えられない。俺と恋愛をしてほしい」

ストレートすぎる愛の言葉に、私は息をするのを忘れてしまいそうだった。

ただ、涙で滲む視界で彼を見つめるだけしかできない。

何度も頬に伝う涙を拭ってくれる彼は、もっともっとと私を求めてくる。その様子は、最初に抱いたクールな印象の彼ではなかった。

情熱的で、全身全霊で愛を叫んでくる。そんな一面を見せられて、より彼を好きになっていく。

「考えてほしいなんて言わない。何が何でもイエスと言ってもらえるように口説きまくるから。だから、俺の手を取ってほしい」

私の頬に触れる彼の手が小刻みに震えていた。

瞳の奥を見れば、不安な色が濃くなっている。私の返事を祈るような気持ちで待っているのだろう。

胸が締めつけられるほどに、嬉しさが込みあげてくる。

その優しい指に、私はゆっくりと手を伸ばした。

「私も好きです」

「真凜……？」

信じられないのか。彼は呆けた顔で私を見つめてくる。

そんな彼に、私は泣き笑いで言った。

「昨夜、犀川さんが悲しい思いをしているのがわかって、それを忘れさせたかったのは本当。だけど、私は純粋に貴方と離れたくなかったんです」

彼が息を呑んだのがわかった。彼の指をキュッと握りしめて、私の気持ちを伝える。

「私、犀川さんが好きで……キャッ！」

最後まで想いを告げられなかったのは、彼によってベッドに押し倒されたからだ。

私を見下ろす彼は、どこか昨夜の空気を纏っている気がする。

「嬉しい……嬉しい、真凜」

「犀川さん」

「絶対に真凜を幸せにしたい」

「私も、犀川さんを幸せにしたいです」

彼が私に覆い被さってきて、おでこをくっ付けてくる。至近距離で視線が絡み、どこか擽ったくて嬉しくなった。

「どんどん真凜のことが好きになっていく自分が怖いぐらいだ。こんな気持ちになったのは、生まれて初めてだ」

「それは私だって同じですよ」

クスクスと笑いながら、二人でこの幸せを噛みしめた。絡む視線が甘ったるくて、ドキドキする。

「俺は多分、君を一生離せないと思う。逃げるなら今のうちだぞ？」

真剣味が込められた声で言われ、私は苦笑した。

「大丈夫。逃げません。ずっとずっとくっ付いてやりますから」

「ははは、それは俺のセリフだな」

目尻に彼の唇が触れてくる。次から次にキスが雨のよう降ってきて、身体が甘く蕩けてしまいそうだ。

「犀川さん……」

もっとしてほしくて彼の名前を呼ぶ。だが、ピタリとキスの嵐が止んでしまった。

どうして？　と彼を見上げると、犀川さんは甘えた表情を浮かべて言う。

「良之助だ。真凛には、そう呼んでもらいたい」

「良之助さん」

ドキドキしながら上目遣いで彼を見ると、一気に彼の表情が変わった。

野獣のような、ちょっと危険だけど魅せられてやまない、そんな表情だ。

「真凛」

彼が私の名前を呼ぶ。それだけで、彼の気持ちが伝わってきた。私も同じ気持ちだ。

彼の背中に手を回し、キュッと抱きつく。

「……抱いてくれますか？　なんか……離れたくないんです」

自分がこんなふうに……それも異性に甘えるなんて信じられない。

私だって甘えたい。そんな気持ちになることは多々あったが、それを行動に移せなかった。

だが、今はどうだろう。良之助さんを前にしたら、スルスルと甘えた声が出てくるのだからビックリだ。

それも大胆すぎるお願いを口にしてしまった。

言ったそばから羞恥でどうにかなってしまいそうだが、これが今の私が望んでいることだ。

私を本当に好きなのだと、身体でも伝えてほしい。そんなおねだりを込めて懇願すると、彼は耳元で囁いてきた。

「もちろん」

耳元にチュッとリップノイズが残り、そのあとに彼は甘く言った。

真凜のことが好きになりすぎて怖いよ、と。

5

梅雨の長雨をもたらす雨雲は、ここ最近ずっと停滞したままだ。

しかし、私の願いが叶ったようで久しぶりに青空が広がった。

七月最後の土曜の今日、これから良之助さんとデートだ。

彼と偶然の再会を果たして一夜を一緒にしてから一週間が経過。こうして彼と顔を合わせるのはあの日以来初めてだ。

緊張しすぎて心臓が止まってしまいそう。こんな状態で、大丈夫なのだろうか。そんな心配が込みあげてきてしまう。

ふぅ、と小さく息を吐いて、強ばった身体から力を抜くように心がける。

だが、しばらくすると、すぐにまたドキドキしてしまう。これはもう、今日一日こんな調子が続いてしまいそうだ。

でも、幸せで嬉しいドキドキなら、何時間でも味わっていたい。心臓は壊れてしまうかもしれないけれど。

胸に手を当てながら、人の流れが激しい駅前のロータリーを見つめてお目当ての人がいつ来るかと胸を高鳴らせた。

良之助さんと、あの一夜から会えなかった理由。それは、彼は仕事で日本にいなかったからだ。

ホテルの一室で彼と再び抱き合ったあと、彼はその足で空港に向かった。ヨーロッパに飛び立つためだ。

彼はあの時点で、一週間の予定でヨーロッパの各国を商談で巡ることが決定していた。

話を聞けば彼はグループ会社を任されたばかりで、一分一秒を無駄にできないようなスケジュールをこなしているようだ。

この商談は前々から決まっていたらしく、重要なビジネスの場になるだろうと言っていた。

時差の問題もあるし、何よりスケジュールがギュウギュウに詰まっている。

私に連絡できないかもしれない、と良之助さんは前もって謝ってくれた。

彼の予想通りでお互いがすれ違う生活をしていたので、電話で話すこともままならない。

だが、そんなときに二人を結ぶものはメッセージアプリだ。

長い時間を使ってのメッセージのやり取りはできなくとも、近況を伝え合うことはできた。

彼からのメッセージが届くたびにほんわかと胸の奥が温かくなり、同時にときめいてしまうのだ。

『今日のお昼は何を食べた?』といった、特に実のない話題でもメッセージのやり取りは楽しい。

声を聞けなくとも、レスポンスがたとえ遅くても。メッセージで一緒の時間を共有できるのが嬉しくて仕方がない。

良之助さんは忙しくても、移動中の車の中からメッセージアプリでメッセージを送ってくれた。

連絡先を交換したとき、『実はメッセージアプリはあまり使わない』と彼から言われていた。

携帯は連絡手段というだけで、手短に用件だけを伝えるツールだという認識でいるらしい。

だから、あまり会話が続かないかもしれないと申し訳なさそうだった。

そんなことを聞いていたため、「全くメッセージが来ないかもしれないなぁ」と思ってちょっぴりガッカリしていた。

だけど、何度もメッセージを送ってくれたのだ。彼の今の状況を知ることができて、とても嬉しかった。

メッセージアプリが苦手だという彼がメッセージを送ってくれる。

『体調はどうだ？』『元気だろうか？』『真凜からのメッセージが嬉しくて仕方がない』

そんな短い文ばかりだけれど、私を大事に思ってくれていると伝わってきて嬉しくて堪らない。

彼の温かい気持ちが伝わってくるメッセージの数々に、胸がキュンキュンしてしまうのだ。

彼は忙しい。恐らく目が回るほど慌ただしく、寝る間を惜しんで仕事をしているだろう。聞かなくても、なんとなくだが想像はつく。

なんと言っても、企業のトップなのだ。私では考えられないほどの重責を背負っているはずだ。

そんな彼が時間を捻出してくれて、私との繋がりを大事にしてくれている。その気持ちが、とても嬉しいのだ。

無理をしてほしくないと思う反面、良之助さんとメッセージだけでも繋がっていたいと願ってしまう。

同じ時間を共有したいのはもちろんだが、なにより幸せを分かち合いたい。

それは、彼も同じ気持ちだったようだ。

『この前、真凜にメッセージを送っていたら、運転していた秘書にからかわれたよ』と海外から初めて電話をくれたときに教えてくれた。

何でも、私のことを考えながらメッセージを入力していた彼の顔は幸せたっぷりでニヤけていたのだという。

いつもクールな良之助さんだからこそ、そのギャップに秘書さんは驚きを隠せなかったらしい。

『いい表情をしていらっしゃいますから、素敵な恋をなさっているんですね。なんて言われてしまった』

電話でのやり取りだったのが悔やまれる。彼はどんな顔で、私にその話をしてくれたのか。想像しては悶えてしまった。

ますます彼に会いたいと思ってしまった出来事の一つだ。

彼から初めての電話だったのに、途中で仕事の電話が入ってしまったためにすぐに通話を切らなくてはならなくなったのが残念だった。

でも、少しの時間でも彼の声を聞けて、その夜はドキドキしすぎてなかなか眠りにつけなかったことは彼には内緒だ。

だって、彼を好きすぎだと伝わってしまうのは……何だかとても照れくさいから。

会えなくても、二人の仲は少しずつ深まりつつある。

それがわかるからこそ、顔を見たいという欲求がより高まってしまい困ってしまう。

お互い知りたいことはたっぷりあったが、一週間ほど彼は異国の地にいる。

短い時間の電話だけでは伝えきれないし、下手をしたら連絡できない日があるかもしれない。

そういう事情があったために、『今度会うときまでに、聞きたいことをお互い考えておこう』と決めて落ち着いた。

『一週間後、商談から帰ってきたら会おう』という言葉を楽しみにして、笑顔で手を振ってあの日はホテルで別れた。

質問なんて、たくさんある。何から聞いたらいいのか、わからないほどだ。

でも、良之助さんを前にしたら、聞けなくなるかもしれない。

気持ちが高揚しすぎて、自分が自分でなくなってしまいそうな予感がするからだ。

『土曜日に会えそうだ』

彼からそうメッセージが届いたのは、予定していた海外での仕事が片づき、帰国の飛行機に乗る直前だったようだ。

もちろん、すぐさまOKのメッセージを送信し、嬉しくてガッツポーズをしてしまった。

ようやく彼に会える。一日中、彼と一緒に過ごせるのだ。

浮き立ってしまうのは仕方がないだろう。

デートの日が決まってから、今日という日をどれほど待ちわびたか。

かなり浮かれてしまっていると、自分でもわかっている。

だけど、少しぐらい浮かれさせてほしい。とっても好きな男性ができて、その人が自分の彼氏となったのだから。

それも初デートだ。浮かれずにはいられないだろう。

期待で胸が膨らむのを感じながら、雲一つなく晴れ渡っている空を見上げた。

今日の私は、かなり気合いが入っている。このデートが決まってからすぐ洋服を買いに行ったほどだ。

馴染みのショップ店員のお姉さんに「デート服を選びに来た」と正直に伝え、あれこれ悩みながら購入したのは、夏らしくビタミンカラーであるレモンイエローのオフショルダーのブラウス。

レースがとてもかわいらしいが、普段そんなに肌を見せる服を着ない私にしてみたらかなりの冒険だ。

「デートなんだから、これぐらい余裕ですよ～」とショップのお姉さんに言われて、思わず購入してしまった。

ボトムスは白のフレアスカート、真っ赤なペディキュアを塗ったつま先がチラリと見えるサンダルといったコーデだ。

いつもは、どちらかといえばスポーティーなものが多い。

そんな私がキュート系を選んでいる時点で必死だ。良之助さんに少しでもかわいいと思われたい。そんな一心が、透けて見える。

なんと言っても、彼は容姿端麗で誰もが振り返ってしまうほど魅力的な人だ。

彼の隣に並ぶのなら、それ相応の努力と覚悟が必要だろう。否応なく気合いが入るというものである。

グッと拳を握って覚悟を決めていると、頭上に影がかかった。

え、と驚いて見上げると、そこには長身の男性が。

私を見下ろして、キレイな顔を緩ませていた。

「良之助さん！　おはようございます」

「おはよう、真凜」

目元を下げて私にほほ笑み返してくる彼は、鼓動が高まってしまうほどに素敵だ。

思わず見惚れている私を見て、彼は小さく笑う。また一つ、大きく胸がキュンと鳴った。

通常時の彼は、とてもクールに見えて近寄りがたい雰囲気がある。

高潔すぎるイケメンだからこそ、話しかけてはいけないように感じてしまうのかもしれない。

こんなふうに、彼を勘違いしている人はたくさんいるはず。

だけど、彼の人となりを知れば、それは間違いだと気づくだろう。

ひとたびこうしてほほ笑めば、優しさに満ちた表情になる。この魅力的な笑顔を見たら、誰だって彼の虜《とりこ》になってしまうはずだ。

彼の優しさをもっと知ってほしい。そう思う反面、知らないでほしいとも思ってしまう。

独り占めしたい。そんな子どもみたいなことを考えてしまうのだ。

「真凜、どうした？　暑さで気分が悪くなってしまったか？」

彼は、心配そうに私の顔を覗き込んできた。あまりの近さに、ドキッとする。

あの夜は近寄るどころか触れ合っていてゼロ距離だったのに、こんな反応をしてしまうのは久しぶりに彼に会って緊張しているからだろうか。

きっと目の前にいる良之助さんは、私の顔が真っ赤になっていることに気がついているだろう。それがとっても恥ずかしい。

「大丈夫です！」

後ずさって距離を取ろうとしたが、彼は強引に私の背中に手で回して引き寄せてくる。

先程よりもっと近い距離に彼がいる。心臓が破裂しそうなほどドキドキしてしまう。

「本当に大丈夫か？」

真剣な目で問いかけられて、違う意味で大丈夫じゃなくなってしまう。

うんうん、と必死に頷くと、ようやく彼は安堵してくれたようだ。

ホッとする私だったが、彼の腕の中に閉じ込められていることに気がつき再び顔が火照《ほて》ってしまう。

慌てて彼から逃げようとしたのだが、なぜかより強い力で抱きしめられる。

「りょ、良之助さん？」

「どうして逃げようとする？」

「どうしてって……。良之助さん、ここがどこだかわかっています？」

「わかっている。駅前だな」

「その通りです。駅前ですよ？　こんなに人がいっぱいいるのに……」

そうでなくとも良之助さんは人の目を惹く人だ。絶対に皆に見られているはず。

彼の腕の中から辺りを窺えば、やはりチラチラとこちらを見ている人がいる。

そんな事態にますます恥ずかしくなって、彼から逃げようとした。だが、彼の手が私のウエスト辺りに触れ、そして——。

「んんっ！」

ググッと腰を抱え込まれ、彼に密着させられてしまう。何より、一番密着してしまっているのはお互いの唇だ。

あの夜を彷彿《ほうふつ》させるような唇の熱さと柔らかさに、クラクラしてしまいそう。

すっかり甘く蕩かされてしまった身体は、自分一人では支えきれない。

彼にもたれかかると、耳元で囁かれる。

「キスで蕩けてしまう真凛はかわいいな」

「っ！」

恋愛はあまりしてこなかった。良之助さんはそんなふうに言っていたはずだ。

それなのに、どうしてこんな手慣れた高度テクニックを繰り出してくるのか。

悔しくなって、彼を睨みつける。

「ここ、公共の場ですよ」

「知っている」

「それに、なんかキス慣れています！　あまり恋愛してこなかったって嘘じゃないですか？」

「真凜にそう思ってもらえたなら光栄だ。……俺の過去に嫉妬したのか？」

「……知りません！」

どこか嬉しそうに聞いてくる彼に、ムッとしてしまう。

確かに嫉妬も含まれていた。言い当てられて悔しくなる。

プイッと顔を背けると、「ごめん」と申し訳なさそうに彼は私の頭を撫でてきた。

「我慢できなかったんだ、悪い」

「え？」

言葉の意味を知りたかった私は、ゆっくりと彼の方に向き直る。

そこには、言葉の通り切羽詰まった様子の良之助さんがいた。

「ずっと真凜に会いたくて仕方がなかった」

「良之助さん」

情熱的にそう言われて、高揚してしまう。だが、まっすぐすぎる視線を向けられて、あまりの真摯さに恥ずかしくなる。

視線を泳がせていると、彼は私をもっと困らせてきた。

「今日の真凜も、かわいいな。あの日のドレスも似合っていたが、今日の真凜はまた違ったかわいらしさがある」

「え、えっと……」

真剣に言われて、どう返事をしたらいいのかと戸惑ってしまう。

そんな私に追い打ちをかけるように、彼は腰を屈めて耳元で囁いてくる。

「ホテルに連れ込んで、独り占めしてしまいたい」

熱っぽい声色で囁かれて、私は飛び上がってしまった。全身が熱くなりどうにかなってしまいそうだ。

このままではいけない。絶対に彼に流されてしまう。

私は、慌てて彼に伺いを立てる。

「今日は……いっぱい話したいです。ダメ、ですか？」

意図せず彼を上目遣いで見つめる形になると、良之助さんはなぜかおでこに手を当てて空を仰いだ。

「無自覚で煽ってくるのは、反則だ」

「え？」

小声だったため、彼が何を言っていたのか聞き取れなかった。

もう一度聞き返したが、彼は苦笑いを浮かべるのみ。

「何でもない。……そうだな、真凜と同意見だ。今日はお互いを知る日だったたな」

「そうですよ！　だから、こんな人前で……その……イチャイチャするのはどうかと思います！」

甘く囁かれ続けていたら、今はそんなつもりはなくてもいつか絆《ほだ》されてしまいそうだ。抱いて、なんて口走る危険性が高くなる。

良之助さんに出会ってから、いつもの自分でいられない。好きが暴走して、うまく感情を操縦できていない気がする。

どうしても周りの視線が気になってオドオドしていると、彼は再び私を抱きしめてきた。

「良之助さん！　人の話、聞いていましたか？」

「聞いていた」

即答だ。だが、返答に行動が伴っていない。絶対に聞いていないだろう。

唇を尖らせて抗議しようとしたのだが、その唇に彼の唇がチュッと音を立てて優しく触れてきた。

驚いて瞬きを繰り返していたのだが、カーッと身体中が羞恥で熱くなる。

彼の腕から逃げようとするが、きっと逃がしてもらえない。

こうなったら、彼を壁にして周りの視線をシャットアウトするしかないだろう。

良之助さんにくっ付くと、なぜかピクッと彼が震えた。

あれだけ大胆なことを公共の場でやってのけていたのに、私が抵抗を止めてくっ付いただけでこの反応だ。

不思議に思って彼を見上げると、頬が真っ赤に染まっている。

私と視線が合うと、彼は困ったようにほほ笑んだ。

「まったく、俺は何をしているんだろうな」

「え？」

「公衆の面前で、こんな恥ずかしいこと今までしたことないぞ」

「えっと？」

どうやら彼も困惑を極めているようで、早口で言い繕う。冷静ではないのは、こちらにも伝わってくる。

「だけど……。我慢できない」

「え？　え？」

なぜか必死な形相で、彼は私を見下ろしてきた。

その目は、どこか淫靡な色を含んでいるようにも見えてドキッとしてしまう。

「考える前に、身体が動いて真凜を求めてしまうんだ。自分では、止められない」

熱っぽく言われても困ってしまう。毎回、理性が飛んでしまうようでは、こちらとしてもうまく対処できない。

「……なんとか理性を総動員してください」

「それは無理だな」

今回も即答だった。だが、それでは困る。

そう訴えるのだが、彼は魅惑的な表情を浮かべて甘ったるい声色で言った。

「それができたら、すでにしている」

「開き直らないでください」

「しょうがないだろう？　それだけ真凜が俺にとって特別で、魅力的な女だってことだ」

私を抱いていた腕を緩めた彼は、視線が合うように腰を屈めた。

間近に見える、キレイな目に吸い込まれてしまいそうだ。

「今までこんなに誰かを欲しいと思ったことはない。真凛だけだ」

「良之助さん」

ストレートに愛を伝えてくる彼に、やっぱり恥ずかしくなってしまう。

私だけを求めてくれる異性は、今までいなかった。

免疫がないと言えばそれまでだが、それでもこんなにも求められたら、どうしたらいいのかわからなくなる。

彼の胸板を押して離れようとする私を見て、彼は薄く笑う。

だが、逃げようとする私をからかうように、彼はより私に近づこうとする。

そして、耳元で低く声を響かせて囁いてきた。

「君だから欲情するんだ」

「っ！」

「諦めるんだな、真凛」

クスクスと軽やかに笑う彼を見てようやく我に返った私は、トンと彼の胸板を押して離れる。

やっと彼から解放されたが、顔を合わせて五分も経っていないだろうに疲労困憊だ。

心臓なんてドキドキを通り越して、バクバクと激しく鳴っている。

ときめきすぎて、これから一日身体と精神が保つか不安になってしまう。

「真凜」

そう言って、彼は柔らかくほほ笑んで私に手を差し出してきた。

その手と彼に視線を交互に向けていると、焦れったそうに強引に手を掴まれる。

「行こう。ようやく真凜に会えたんだ。時間がもったいない」

同意見だ。こんなところでモタモタしていたら、それだけで貴重な時間がなくなってしまう。

海外出張が終われば、時間が取れるようになる。そんなふうに良之助さんからは聞いていたが、彼はM&Aした会社を立て直さなければならず今後も多忙を極めるだろう。

今日のように、丸一日彼を独り占めできる日を捻出するのは難しいはず。

小さく頷くと、彼は嬉しそうに破顔する。そして、私の手を握って歩き出した。

良之助さんの車で向かった先は水族館だ。

昔からある少し古めの水族館ではあるのだが、だからこそ穴場でもある。

入場制限がかかるような水族館では、じっくり見学できない。

だが、この水族館はそこまでの混雑はなく、たっぷり海の世界を楽しめそうだ。

ゆっくりと青い世界を堪能しながら色々と話したいと思っていたのでピッタリの場所だろう。

どちらからともなく手を繋ぎ合い、施設内に入ってすぐに〝誕生日はいつか〟という質問を良之助さんに投げかけたわけだが……。まさかの事態に驚きを隠せない。

「え……？　嘘ですよね？」

「嘘じゃない」

「いやいや、あり得ないでしょう！　絶対に私より年上ですよ。アラサーだとばかり思っていました」

「残念ながら間違いじゃない。……なんだ？　俺はそんなに老けて見えるのか？」

「そういうわけじゃないけど……」

「けど？」

ググッと顔を近づけられ、至近距離で尋問を受けるのはなかなかに怖い。

相手がキレイすぎるほど整った顔をしているから、迫力は普通の人と比べて倍は増しているように感じる。

息を呑んだあと、気持ちを切り替えて冷静な様子を装った。

「だって、カフェで部下の男性からすごく頼られていたし。てっきり、かなり年上の先輩なんだと……。そもそも、私と同じ年で大学卒なら入社してまだ数年しか経っていないじゃないですか！」

M&AしたA会社のCEOになったのは御曹司だからと揶揄されていることを知り、「若いけど、すごく実力があるんだから」と私は彼を庇《かば》った。

だが、若いといっても三十歳前後だと疑わなかったからこその言葉だったのだが……。

まさか正式に入社して二年目だとは思わなかった。それなのに本社では有能さを発揮していたし、今度はCEO。

それだけ仕事ができる人だとは思うが、それにしても若すぎるだろう。

確かにこんなに若い人がCEOに就いたとなれば、陰で色々言われても仕方がないのかもしれない。

頭を抱えていると、良之助さんは楽しげに笑う。

「でも、職歴は長いぞ？　会社の勉強は、高校生からしていた。大学に在学中はスーツを着て、母方の名字を名乗って素知らぬふりして働いていたし」

「……すごいですね」

口では簡単に言っているが、相当の努力をしてきたはずだ。勉学と仕事と、経営者になるための勉強。

それこそ、血の滲むような努力をし続けていたのだろう。それも、一人で闘っていたのだ。

その上、家族のこともあったはず。

彼のこれまでを想像して、胸が詰まる。

ずっとずっと彼は休む間もなく、重責に耐えていたはずだ。

「現在、俺がＣＥＯになれたのは、それだけの努力をしてきたからだ。家族のため、社員のためにも俺がやらなくてはならなかった。それだけのことだ」

きっぱりと言いきれるほど、彼は努力をしていたのだ。

会社、そして家族にも気を配っていたというのだから頭が下がる。

きっと彼は必死だったはずだ。お姉さんに対しては、確実にやり過ぎだったようだが、こうまで真剣に家族を考えている彼をやっぱり頭ごなしに非難はできないと思う。

彼とお姉さん。いずれ和解できるといいなと願うばかりだ。

恐らく、今もお姉さんと仲直りしていないのだろう。

微かに表情が陰る良之助さんを見て、今しばらく家族の話は避けた方が賢明だろうと判断する。

私は、犀川家の人たちから見たら部外者だ。土足でズカズカと入り込んでいいはずがない。

私にできることは、ただ一つ。良之助さんを見守るだけだろう。

そして、少しでも彼が新たな一歩を踏み出せるように、包み込むように愛したい。

「年齢の件は、了承いたしました」

「なんでそこで他人行儀になるんだ？　ようやく年齢が一緒だとわかったから敬語を使わないようにしてくれるのかと思ったのに」

未だに信じきれず力なく笑う私を見て、良之助さんは財布を取り出した。

「信じられないのなら、免許証を見るか？　真凜と同級生だぞ」

手渡されたのは、彼の運転免許証だ。確かに生まれ年が一緒である。

唖然としながら、免許証をまじまじと見たあとに彼に返した。

——本当の本当に……私と同じ学年だ。二十五歳なんだ。

でも、やっぱり信じられない。年齢より絶対にしっかりしている。

いや、しすぎていると思う。だからこそ、私は大人の男性だと疑わなかったのだから。

免許証を見せられたため、彼の言葉に嘘偽りがないのはわかった。だけど、すぐには受け入れられない。

固まったままの私を見て、彼は苦く笑っている。

「嘘は、ついていなかっただろう?」

「う……はい」

ぎこちなく頷くと、彼は繋いでいた手をグッと引っ張ってきた。

彼が纏うスパイシーで男性らしいフレグランスがフワリと香って、心臓が跳ね上がる。

彼のそばにこれ以上いたら、心臓がいくつあっても足りないんじゃないだろうか。

そんなバカげたことを考えてしまうほど、良之助さんが魅力的すぎて辛い。

しかし、まだまだビックリするような事実がありそうだ。だからこそ、このデートで、良之助さんのことをいっぱい知りたい。

まだ混乱をしている頭を抱えながら、目の前の大きな水槽で悠々と泳ぐ鰯《いわし》の群れを見つめた。

それにしても私ばかりドキドキさせられっぱなしで、なんとなく面白くない。

不服そうにしていると、彼はググッと顔を近づけてきた。

「同じ年なんだから、もう敬語はなし。いいな？」

「はい……いや、えっと……うん」

私が彼のお願いに応じないとでも思ったのか。ギロリと鋭い視線を向けてきたため、納得させせられてしまう。

諦めて白旗を振った私は、ため息交じりで肩を竦める。

「わかったよ、良之助さん」

「名前も呼び捨てでいい。俺と真凜は同じ年、対等な関係だ」

キッパリと彼は言うが、それは少しだけ待っていてほしい。

首をユルユルと左右に動かし、「それは勘弁して！」とお願いをした。

「えっと……。名前は追い追いってことで。すぐには直らないよ」

「そうか？」

「そうだよ。どれだけ心の中で〝良之助さん〟ってさん付けで呼んでいたと思っているの？」

彼がゆっくりと破顔していく。どうしてそんなに嬉しそうな顔をしているのか。

最初はわからなかったが、彼の言葉を聞いて耳が熱くなる。

「そうか。会えない間も、俺のこと考えてくれていたのか」

確かにその通りだが、それを白状してしまったことに羞恥を覚える。

私の態度を見れば、イエスだとわかったはずだ。

一気に機嫌がよくなり頬を緩ませる彼を見て、何だかこちらも嬉しくなる。

声を弾ませながら「今度は、良之助さんだよ？」と私への質問を促す。

すると、彼の雰囲気が一変する。腹をくった様子の彼が気にかかった。

「……俺からの質問。いいか？」

「うん、もちろん」

やっぱり良之助さんの表情が硬いように感じて気になる。

不思議に思いながら、どんな質問が来るのかとドキドキして待つ。

「真凜の勤め先は、あのカフェが入っているオフィスビルの近くにあるん……だよな？　あの辺り一帯はオフィスビルも多いから……。違うビルに入っている会社ってことだよな？」

なぜだか彼は懇願するように、そうであってほしいと願うように聞いてくる。

だが、その問いに私は首を横に振る。

「え？　近くというか。あのオフィスビルの中にある会社だよ？」

彼の勤め先は最初に聞いていたのに、私の勤め先を話すのを忘れていた。聞かれてそのことにようやく気がつく。

しかし、彼のなんとも歯切れの悪い様子が気になる。それでも私は質問に対して正直に答えた。

彼と私の縁《えにし》を結んだのは商業施設も入っていて、地上四十階まであるタワービルである。

地上三階まではレストランやブランドショップなどの商業施設フロア、それより上階はすべて企業のオフィスが入っている。

うちの会社は、そのビルの二十五、二十六階の全フロアを借りているのだ。

良之助さんは、どこか探るような口調で再び聞いてきた。

「……社名を聞いてもいいか？」

「うん、もちろん。エンサージュっていう広告代理店で営業事務をしているの」

「そうか……。エンサージュ……」

「良之助さん？」

「いや、真凛のことだから、きっとテキパキと仕事をしているんだろうなと思って」

彼の態度に引っかかりを覚えたが、すぐに次の言葉に意識を持っていかれた。

「あ、真凛。餌やりタイムが始まったぞ」

「あ、本当だ。かわいいね」

目の前の水槽では飼育員が酸素ボンベを背負って水に入り、魚たちに餌をやっていた。

餌に群がり、我先にと口に入れようとする魚たちがほほ笑ましい。

そのあとも、どこかお見合いみたいな感じで——とは言っても、私は一度もお見合いの席に行ったことはないから、本当のところはどうなのかわからないけど——知りたかったことをたくさん聞き合った。

一つの話題から思わぬ方向に話が脱線してしまったりもしたのだが、それがまた楽しい。

もっと深くお互いを知り合えた気がする。

一通り館内を巡ったあと、水族館内にあるカフェで遅めのランチを食べる。

イルカショーなどを見たあと、ドライブがてら近郊の海岸までやって来た。

海水浴場として開いていない海で、人はまばらだ。

車から降りると、潮風がとても気持ちがいい。

目を瞑って深呼吸すると、潮の香りがした。背伸びをして目を開くと、大海原が広がっている。

穏やかな海は波音も優しい。

久しぶりに自然に包まれて、心が癒やされるようだ。

「海岸沿いを歩いてみないか」

良之助さんはそう言うと、手を差し出してくる。

迷いなく手を伸ばそうとすると、それを待ちきれないとばかりに私の手を掴んできた。

そして、指と指とを絡ませ合いながら手を繋ぐ。所謂、恋人繋ぎだ。

普通に手を繋ぐより、もっと親密な感じがしてドキドキする。

ポッと頬を赤らめていると、彼は「行こう」とゆっくりと歩を進めた。

人があまりいない海。潮騒の音だけしか聞こえず、世界は二人きりなのではないかと錯覚を覚えた。

砂に足を取られそうになっても、彼がしっかりと私を支えてくれる。

それがとても嬉しいし、頼もしい。

少しずつ日が傾いてきて、辺りが赤く染まっていく。

私たちの影も長くなり、夜が近づいているのだと気づかされる。

残された時間は、あとわずか。そう思うと、寂しくて仕方がなくなってくる。

このまま来た道を戻り、夕ご飯をどこかで食べたあとに送り届けられてしまうのだろう。

彼とこうして一緒にいられるのは、あと少しだけ。

帰りたくない。そんな我が儘を言ったら、良之助さんはどんな顔をするのだろうか。

——ダメ。言っちゃダメだ。

彼はとても忙しい人だ。離れがたいからといって、彼を困らせるようなことをしてはいけないだろう。

明日は日曜日だとはいえ、彼は仕事があるかもしれないのだ。

もし、なかったとしても、忙しい身の上の彼のことを考えたら、一人でのんびり休息を取る時間を確保してほしい。そして、疲れを癒やしてもらいたいのだ。

頭ではわかっている。だが、彼に恋している私は、少しでも彼との時間が欲しいと考えてしまう。

なかなか会えないからこそ、会ってしまうと離れがたくなってしまうのだ。

こうして繋がっている手から、私の気持ちが伝わってしまったらどうしよう。

そんなことをこっそりと思っていると、急に彼の足が止まった。

「良之助さん？」

不思議に思って名前を呼ぶと、彼は遙か彼方を見つめていた。

水平線には真っ赤な夕日がまさに落ちようとしていて、揺らめく水面が真っ赤に染まっている。

光が反射してキラキラとしている様は、とても綺麗だ。

私もその光景に目を奪われていると、急に繋いでいた手を力強く引っ張られる。

驚く暇もなく、私は彼の腕の中にすっぽりと包まれていた。

今日の良之助さんは、ラフな装いだ。

ポロシャツと細身のクロップドパンツ、足下はスニーカー。

いつもスタイリッシュな腕時計をしているが、今日の彼はスポーティーな時計をしている。

スーツ姿ではない彼を初めて見たが、私服姿もとても素敵だ。

どんな格好をしていても目を惹いてしまう。そんな彼に、私は一日中ドキドキされられっぱなしだった。

ラフな格好だからこそ、こうして抱きしめ合っているとスーツの時より密着できているような気がする。

トクトクと彼の鼓動が聞こえてきて、彼も私にドキドキしてくれているのだと知って嬉しくなった。

キュッと彼に抱きつくと、頭上から淫欲めいた声が聞こえる。

「真凜。君と今夜一緒に過ごしたい」

「え……？」

ドキッとして見上げると、彼は真剣な眼差しで私を見下ろしていた。

その情熱的な目を見て、ますます胸の鼓動が高鳴ってしまう。

ジッと私を見つめる彼の目は、何かを貪欲に欲しがっているようにも見えた。

それは……きっと、私だ。私が欲しいと彼は希《こいねが》っているのだ。

私も一緒にいたい。そう言おうとしたのだが、慌てて言葉を呑み込む。

彼は、毎日仕事で疲れているはず。だからこそ、休めるときに休んでほしい。

今無理をしてしまって、体調が崩れてしまったら大変だ。

本当は一緒に過ごしたいけれど、そんな自分のエゴは必死にかき消す。

「良之助さん、今日はもう帰ろう？」

「……どうして？」

「良之助さん、ずっと仕事で忙しかったでしょう？　少しは身体を休めた方がいいよ」

「……」

「良之助さんが体調を崩して倒れちゃったら、心配で仕方がなくなるもの。だから、もう今日は帰ろう」

　これ以上彼の顔を見続けていたら、決心が鈍ってしまう。

　慌てて彼の腕の中から出ようとしたのだが、力強く抱きしめられてしまい逃げ出せなくなってしまった。

「心配してくれてありがとう、真凜」

「良之助さん」

「だけど、真凜は間違っている」

「え？」

　驚きの声を上げると、彼は少しだけ私を抱きしめる腕の力を緩め、顔を覗き込んでくる。

「なぁ、真凜。君は俺を元気にさせたいんだろう？」

「えっと……まぁ、そうだね」

疲れている身体を癒やしてほしいというのは、結局元気になってもらいたいということで間違いないだろう。

ぎこちなく返事をすると、彼は口元にセクシーな笑みを浮かべた。

「それなら、自宅に帰って一人で過ごすより、真凜と一緒にいたい」

きっぱりと言いきる彼を見つめていると、彼は口角を上げる。

「わからないか？　俺は真凜と一緒にいないと元気になれない」

「りょ、良之助さん？」

お互いの額を突き合わせ、彼は淫欲めいた目で見つめてきた。

「真凜の声を聞いて、真凜の体温を感じていたい。それが一番、元気になれる」

「あの、えっと……」

彼は時折ストレートに感情を口にする。そのたびに、私が慌てふためくことになるのだ。

視線を泳がせていると、彼は私の耳元にキスをして低く甘い声で囁いてくる。

「真凜を抱きしめていたい」

ドキッと胸が高鳴り、身体中が熱くなってしまう。耳まで真っ赤になっているはずだ。

「かわいい、真凜。耳まで真っ赤だ」

やっぱり彼にバレてしまっている。改めてそのことを知り、ますます身体に熱がこもってしまう。

羞恥でどうしようもなくなっていると、彼は私に追い討ちをかけてくる。

「初めて真凜を抱いたとき、全く余裕がなかった。だから、今日は真凜をトロトロに甘やかして蕩かしてあげたい」

「っ!」

ダメ? と甘えた声で囁かれて、顔から火が出そうになった。

恥ずかしいけど、嬉しい。彼にここまで懇願されて、幸せに感じないわけがないのだ。

それに私だって彼と離れたくないと願っていた。答えなんて決まっている。

私は胸の辺りに手を置きながら、「ダメじゃないよ」と返事をしたのだが、そのあとの良之助さんの行動は早かった。

行こう、と私の手を引っ張って車まで戻ると、すぐさま車を発進させる。

着いた先は、犀川家の別荘だという。

木々に囲まれたその土地は、静寂に包まれていた。

明日の午後には、戻らなければならないらしい。やっぱり彼は仕事に追われていたのだ。

帰った方がいいのではないか、と彼に進言したのだが、それをきっぱりと断ってきた。

「仕事に行く元気を、真凜がくれないか？　今度いつ真凜と会えるかわからない。それなのにこのまま帰ったら、俺は次に真凜と会うまで元気にしていられる自信はないな」

真面目な顔をして懇願してくる彼に、私は負けた。

「うん……あげる。私も良之助さんから元気をもらいたい」

ここ数日、ずっとずっと彼と会える日を心待ちにしていたのだ。少しでも彼と同じ時間を共有したい。

彼を見上げると、「承知した」と柔らかくほほ笑んでくれる。

その笑みがセクシーすぎて、またもや心臓がうるさいほど高鳴ってしまう。

彼は別荘の鍵を開けると、私の手を引いて中へと入っていく。

階段を上ると、いくつもの扉が見える。一番奥にある扉を開き、部屋へと通された。

寝室のようで、キングサイズのベッドが置かれている。

その部屋の窓の先、そこは広いテラスに繋がっていた。

今夜は満月で、月光が差し込んでいてとても綺麗だ。

その光景に見惚れていたのだが、背後から彼に抱きしめられて現実に意識が戻る。

「月より、俺のことを見ていて。真凜」

耳元で囁かれ、チュッと耳にキスをしてくる。ゾクリと甘く官能的な刺激を感じて、身体が震えてしまう。

「ごめん、真凜。夕飯は、もう少しあとでいいか？　もう、我慢できない」

それは私も同じ気持ちだ。

コクンと頷くと、私の髪をかき上げて項を露にしてきた。そして、そこに唇を這わせていく。

「っ……ぁ、ぁ……っ」

か細く甘ったるい声が静かな寝室に響く。恥ずかしく感じるのに、今はそんなことはどうでもよく思えてしまう。

ただ、彼の熱を感じていたいし、もっと私に触れてほしい。愛してほしい。

彼を振り返り、背伸びをしてキスを強請る。そんな私を見て、彼は深く情熱的なキスを仕掛けてきた。

何度も角度を変え、唇の柔らかさを堪能するキスは危険だ。

私の思考と理性を、トロトロに蕩かしていく。

縺れ込むようにベッドに寝転がり、何度も何度も口づけを交わす。

唇が腫れてしまうのではないかと心配になりながらも、キスを止めることができない。

「もう、俺は真凛なしじゃ生きていけないかもしれない」

甘く愛を囁きながら、彼の手は私からすべてのものを取り除いていく。

その間も絶え間なく愛撫されて快感を植えつけられる。

「愛している、真凛。何があっても、もう……君を放すことなんてできない」

「良之助さん」

「逃げないでくれ……真凛」

どこか悲しさと切なさ、そして懺悔のように感じる言葉の羅列に、私は彼をキュッと抱きしめて言う。

「逃げないよ、良之助さん。私だって、貴方と離れたくないもの」

お姉さんとの一件が、彼に暗く重い影を落としているのかもしれない。そう思った私は、彼を宥めた。

そんな私に彼は儚くほほ笑み、そして情熱的な愛撫を続ける。

「ありがとう、真凜」

そう囁いたあと、彼は貪るように私を求め続けた。

それが嬉しくて、彼にしがみつきながらも快楽に溺れていく。

一晩中、お互いを抱きしめて、体温を分け合いながら幸せを感じた。

自分が今、良之助さんに恋をしていると実感して幸せな気分に浸った、そんな一日。

初めてのデートは、より絆を深める思い出深いものになった。

＊　＊　＊　＊

この土日は、本当に素敵な時間を過ごした。

良之助さんと恋人らしい一歩を踏み出した、そんな二日間だったように思う。

こんな時間がずっと続けばいいのに。そんな我が儘は彼に言えないが、それでもこっそりと思っているだけなら問題ないはずだ。

胸の内に密かに隠した想いは、良之助さんを知るたびに深まっていく。

良之助さんは先週ずっと海外だったが、しばらくは日本にいるようだ。

とはいえ、忙しいことに変わりはない。平日に会うのは、難しいかもしれないと残念そうにしていた。

だけど、電話は時間さえ合えば夜にでもできるだろうと言っていたことに安堵する。

海外に出張に出かけていたときに比べて、彼と繋がる時間が増えるだろう。

それだけで舞い上がっている私は、相当浮かれきっている。

昼休憩になり携帯を確認したら、彼もちょうどこれからお昼だとメッセージが送られてきていた。

こんなやり取りができることが、本当に嬉しい。

『忙しいんだから、身体には気をつけて。きちんとご飯食べてね』とメッセージを送信したら、すぐに彼から返信が来た。

『身体は大丈夫か？　無理をさせた自覚はあるから心配だ』と、土曜の夜を彷彿させるようなメッセージが送られてきて一人で顔を赤らめた。

会社にいるのに、あの濃密な夜を思い出させるようなメッセージを送ってくるなんて。

もちろん純粋に私を心配してくれているのだろう。

でも、このメッセージを会社で読む私の気持ちを考えてもらいたいものだ。

大丈夫だよ、と当たり障りない返事を送っておいたら、『今夜、電話するから』と返信が来た。

きっと今夜、電話で同じことを聞かれるだろう。彼は、心配症なところがあるようだ。

そういえば良之助さんとお姉さんが喧嘩をした原因というのも、彼の心配症が裏目に出てしまった結果だった。

自分のテリトリーに入れた人には、とことん優しくなるし、必死になる。それが、犀川良之助という人なのだろう。

彼からのメッセージのせいで甘い夜を思い出してしまい、頬が熱くなってどうしようもなくなる。

手を団扇《うちわ》代わりにして顔を煽《あお》ぎながら社員食堂を目指す。

今日は久しぶりにのどか先輩とランチの約束をしているのだ。

先に食堂に行って場所を取っておいてくれているらしい彼女の姿を探す。

すると、窓際のテーブル席に座っているのどか先輩の姿を見つけた。

すぐさまA定食を購入したあと、ランチのトレイを持ってのどか先輩が待つテーブルへと急いだ。

「お待たせしました－！　お久しぶりです、のどか先輩」

「あ、真凜ちゃん。久しぶりだね」

相変わらずほんわかとした彼女だが、どこかいつもと様子が違う。

訝しく思いながら、彼女を見つめる。

トレイをテーブルに置いて腰を下ろしながら、私はストレートに彼女に聞いた。

「のどか先輩。何かありましたか？」

「え？」

「何か私に話したいことがあったから、声をかけてくれたんじゃないんですか？」

彼女の今の様子を見て、なんとなくだがそんな気がした。

彼女の顔が曇るとき。それは、彼女の弟が絡んでいるときだ。

ピンと来て聞くと、のどか先輩は目を丸くしたあとにフニャンと表情を柔らかく崩して笑う。

「さすがは真凜ちゃんだね」

「ってことは、やっぱり〝シスコン激ヤバ弟くん〟が何かしでかしたんですか!?」

「真凛ちゃん！　声が大きい！」

シーッ、と慌てた様子で私を諫《いさ》めるのどか先輩を見て、私は手で口を押さえる。

「スミマセン。でも……何があったんですか？」

よくよく話を聞いてみると、のどか先輩が私の従兄である隼人くんと付き合い出したことを弟くんに感づかれてしまったらしい。

そして、二人を別れさせるために見合いまで用意していたらしく、怒り心頭の様子だ。

いつもなら「私のことを考えてくれたのだから……」と激甘なことを言って許してしまう彼女だが、今回はどうやら違ったようだ。

「え？　のどか先輩が、弟くんを怒ったんですか⁉　それも怒鳴ったって……」

呆気に取られていると、彼女はそのときのことを思い出したのか。

ムッと眉を顰めて唇を歪めた。

「うん。さすがに酷いと思って！」

プンプンと怒りながら、お味噌汁を飲むのどか先輩を唖然として見つめる。

菩薩《ぼさつ》様のように優しくて包容力のある彼女が怒った。その事実に驚きを隠せない。

弟くんにあれこれ恋路を邪魔されたとき、「のどか先輩、そんなのは怒っていいんですよ！」と私が口を酸っぱくして言っても困ったように笑うだけだったのに。

しかし、今回の件は、よほど腹に据えかねたのだろう。

弟くんにとっては姉の心配をしての行動だったとはいえ、これはちょっとやりすぎだ。

彼女が怒るのも致し方ないだろう。だが、きっとそれだけではない。

はぁ、と息を吐きつつ、のどか先輩をまじまじと見つめた。

「先輩、隼人くんとのこと本気なんですね」

「え？」

「今まで弟くんに出会いの場を潰されても許していたのに。今回は違いますよね？」

「真凜ちゃん」

「紹介しておいて今更ですが……。うちの従兄もなかなかに曲者《くせもの》で大変かもしれませんが、よろしくお願いしますね！　のどか先輩。私は二人を全力で応援しています！」

ニッと口角を上げて言うと、のどか先輩はポッとかわいらしく頬を赤く染めた。

そして、少しだけ視線を落として恥ずかしそうに呟く。

「こちらこそ、真凜ちゃん。よろしくお願いします、だよ」

「のどか先輩」

「真凛ちゃんがくれた縁だもん。大事にするからね」

こんなにかわいらしい彼女を隼人くんが見たら、きっとギュッと抱きしめて絶対に誰にも見せないようにしたに違いない。それぐらい、かわいい。

私より年上でしっかりとした女性なのに、構ってあげたくなるというか、守ってあげたくなってしまうのだ。

だからこそ、私は彼女をずっと応援していた。恋がしたい、と言っていた彼女を、バックアップしたかったのだ。

少し前の私だったら、「また人の世話ばっかりして。自分のことはいいの?」なんてやさぐれていたかもしれない。

だけど、今は違う。こんな自分が嫌いじゃない。

そう思えるようになったのは、良之助さんの存在が大きいだろう。

彼が、世話焼きな私を肯定してくれた。それが、心の底から嬉しかったのだ。

こっそりと良之助さんを思い出して、ほんわかと心が温かくなる。

そういえば、のどか先輩にはまだ私に彼ができたことを話していない。

今話してもいいのだろうけれど、ここはオフィスビルに入っている企業の社員たちがたくさんいてお昼休憩をしている。

食品関係の会社も軒を連ねているため、犀川食品と取り引きをしているところがあるかもしれない。

不用意に良之助さんの名前を出して、彼の足を引っ張る事態に陥ったら困る。

それに、のどか先輩はシスコン弟くんとのことがあって心にゆとりがないだろう。

もう少し時間を置いた方がいいかもしれない。

「どうしたの？　真凜ちゃん」

食事の手を止めて考え込んでいると、のどか先輩が心配そうに私の顔を見つめていた。

そんな彼女に首を横に振って、「何でもないです！」と笑う。

彼女には、また改めて時間を取ってもらって私の恋バナを聞いてもらおう。

「のどか先輩。今度、ご飯食べに行きましょうよー！　隼人くんが出張でいないときとかでいいですから！」

「うん、いいよ」

楽しみだね、と朗らかにほほ笑むのどか先輩と一緒に、私も頬を緩ませる。

のどか先輩は、以前より強くなった。今までの彼女は、ここにはいない。

彼女を変えたのは、きっと隼人くんだ。彼の存在があるからこそ、彼との恋を守るために弟である〝りょうちゃん〟のいきすぎた庇護欲に立ち向かう決心をしたのだ。

のどか先輩は男性に免疫はなかったし、面と向かって話すこともままならなかった。

そんな彼女を心配して、家族思いの〝りょうちゃん〟はのどか先輩を守ってきたのだろう。

しかし、愛情もいきすぎれば毒となる。そのことにシスコン弟くんが気づいてくれますようにと祈るばかりだ。

プリプリ怒っていた彼女だが、弟に怒鳴ったことを少し後悔しているようだ。

「ひと月以上、かな……？　私の前に現れなくなっちゃったの……言いすぎたかな？」と結局弟を心配している。のどか先輩らしい。

「姉の成就した恋を壊そうとするなんて酷いから、少しはお灸を据えた方がいいですって」と私が宥めると、彼女は困ったように眉を下げた。

隼人くんの耳に、この話は入っているのだろうか。

一度連絡を取って、シスコンサイテー弟である〝りょうちゃん〟対策をしておいた方がいいと伝えておこう。

しかし、電話をするのはいいけど、勘のよい隼人くんは私に彼氏ができたと気がついてしまうかもしれない。

誘導尋問だけは、気をつけなければ。

そこでふと思い立つ。そういえば、良之助さんもお姉さんに無理強いをして喧嘩してしまったと言っていたはずだ。

それはもう、かなりの落ち込みようだった。もしかしたら、のどか先輩の弟も落ち込みまくっているかもしれない。

世の中の弟ポジションの男たちは、姉に過干渉な人が多いのだろうか。

しかし、家族として姉が大事だったとしても、やりすぎはどうかと思う。

どちらの〝りょうちゃん〟も姉離れして、適度な距離で見守るということを覚えるべきだ。

良之助さんは、それに気がついた。謝罪すれば、うまくお姉さんとやっていけるはずだ。

未だに仲直りできていない様子の、良之助さんとお姉さん。なんとか関係回復に前進できたらいいのだけど……。

二人の〝りょうちゃん〟に幸あれ。そんなふうに考えながら、アジフライに箸をつけた。

6

「うわぁ……特等席だね。ありがとう、良之助さん」

「いや。なかなか時間が取れなくて悪かった」

「それは良之助さんのせいじゃないでしょ？」

「ありがとう。……少しは罪滅ぼしになったか？」

「罪滅ぼしって……。お仕事が忙しかったんだもん。しょうがないよ。気にしないで」

申し訳なさそうにする彼に向かって、ユルユルと首を横に振った。

八月上旬。各地で花火大会が催されているが、この辺りで一番大きな花火大会が今夜行われている。

私たちも花火見物をしているわけだが、ムッと立ちこめるようなじっとりと汗をかく熱気の中ではない。

空調が利いたホテルの最上階にあるレストランで、優雅に花火見物中である。

良之助さんが、このレストランの一等席を予約しておいてくれたのだ。

彼は罪滅ぼしと言っていたが、それは彼の仕事が忙しすぎてなかなか会えないでいたことを良之助さんが申し訳なく思っているからだ。

でも、日本各地飛び回っている彼を見て非難なんてできない。

M&Aで買収した会社は、犀川と比べものにならないほど小さな会社らしい。

今までなら犀川の名前を出せばある程度通っていたことが通らない。厳しい状況が続いているようだ。

小さな会社をどう組み立て直して、軌道に乗せるか。大きくさせるか。

犀川食品の社長——良之助さんのお父さんは、彼を試しているのだろう。

御曹司という立場に傲《おご》らず、自分の力で立てるのか、どうか。

『立て直しぐらいできないと、犀川のトップに立てないからな』と良之助さんは言っていたが、身内と言えど容赦ないと思う。

御曹司という色眼鏡で見るのではなく、犀川良之助個人がデキる男だと世間に知らしめる必要があるのだろう。

そうしなければ、将来犀川のトップとしてやっていけない。

親心なんだ、と良之助さんは笑って言っていた。

彼は若きトップとして、必死に立ち回っている。それがわかっているからこそ、会えないからといって彼を責める気はこれっぽっちも起こらない。

もちろん、彼に会いたいと願わない日はない。

だけど、彼が踏ん張っているのに、我が儘なんて言えないだろう。

謝ってくる良之助さんだが、大変なのにこうしてデートの約束をしてくれた。大切にされすぎて申し訳ないぐらいだ。

無理をしているのかもしれない。だから、「無理はしないで」と再三言ってきたのだが……。

『俺の楽しみを奪うのは、真凜だって許せないな』と、なぜか反対に怒られてしまった。

どうして怒るの！　と抗議をしたら、彼は苦笑していた。

『俺に気を遣って連絡をやめようかなって思うのは間違っている。俺は、真凜に会えるのを心待ちにしているんだぞ？』

そんなふうに受話器越しで甘く囁かれたら、彼の望み通りにしてあげたくなる。

ここ一週間は、会いたくても会えない、話したくても話せない日々を過ごしていた。

だが、今夜。彼はなんとか時間を捻出して、こうして食事に誘ってくれたのだ。

かなり無理をしたはず。でも、それを彼に聞くのは止めておいた。

私の思い上がりでなければ、私に会いたくて仕事を必死に片付けてくれたのだと思う。

その好意を無駄にしたくない。だからこそ、私はめいっぱい今夜は彼に甘えて楽しみたい。

それを彼が望んでいるのは、先程いやというほど思い知ったからだ。

このレストランに来るまでに乗ったエレベーター内で、熱いキスとともに「会いたかった」「かわいい」「ずっとこうしたかった」などと囁かれた。

誰も乗ってこなかったからよかったものの、恥ずかしくてどうにかなってしまいそうだった。

どこか必死な様子の彼を見て、遠慮ばかりしていてはダメだろう。そう思ったのだ。

ありがとう、嬉しい。率直な思いを伝えると、彼は幸せそうに目尻を下げていた。

こんなふうに会えるのは、今後いつになるかわからない状況だ。

それなら、ようやく捻出できた時間を心の底から楽しむべきだ。

でも、何だろう。なんとも言えない違和感を先程から感じているのだけど……。

全面ガラス張りのレストランからは、川の畔《ほとり》から打ち上げられる花火が見える。

夜空に咲く大輪の華に視線を向けたあと、真向かいに座る良之助さんに視線を向けた。

彼は今も打ち上げられる花火を見つめている。だが、どこか緊張しているように見えるのは私の気のせいだろうか。

最初こそは久しぶりに会う彼女に対して、緊張しているのかなと都合よく考えていた。

しかし、強ばった表情を見れば見るほど、悪い方へと考えが及んでしまう。

——もしかして、別れ話とか……？

脳裏を掠めたが、それは違うだろうと否定をした。

それならば、エレベーター内であんな情熱的なキスはしてこないはず。

愛している、会いたかった。そんな甘い囁きをしないだろう。

となれば、何が原因で彼はこんなふうに緊張感を身に纏っているのか。

家族に私との交際を反対されているのか。それとも、当分の間、海外に行きっぱなしになるという話を切り出されるのか。

考えれば考えるほど、ろくなことしか思いつかない。

バクバクと心臓がイヤな音を立てている。

目にも艶やかで美味しそうなドルチェが私の前にあるのだが、不安で食が進まない。

今日の私たちがアルコールを摂取していないのは、彼が車の運転を控えているから。良之助さんは、「真凜は飲んでいい」と促してくれたが、それを断った。

でも、それを少し後悔する。何だか今は、素面《しらふ》でこれからの話を聞く勇気はない。

花火から視線をそらした彼の目は、再び私を捉えてくる。

ドキッと心臓が一際高鳴った。彼の形のいい薄い唇が動くのが怖い。

初めて、そんなふうに思った。

元々静かな店内が、より静寂に包まれた気がする。

イヤな予感を抱きながら、早くこの沈黙が終わればいいのにと願ってしまう。

「真凜に言わなくてはいけないことがある」

強ばった彼の表情を見て、先程想像していた理由のどれかなのだろうと怯《おび》えた。

どれが来てもイヤだ。ギュッと目を瞑《つむ》って現実逃避しようとしたのだが、それより先に良之助さんが口を開く。

「真凜の勤め先に、手塚のどかという社員がいるのだが……知っているか？」

「え？　のどか先輩？」

どうして良之助さんの口から、のどか先輩の名前が出てくるのだろう。知り合いなのだろうか。

首を傾げた瞬間、イヤな予感が脳裏に渦巻く。

——もしかして……のどか先輩と良之助さんが姉弟なんてことは……？

違うと思いたかった。だが、思い当たる節がたくさんあると今更ながらに気がついて愕然とする。

のどか先輩の弟である〝りょうちゃん〟は、姉である彼女に過干渉だった。

つい最近、彼女の恋路を邪魔するために、シスコン弟くんにお見合いを無理じいされたと言っていたはず。

そして、良之助さんは私と再会したバーで言っていなかったか。

姉が心配で、自分がなんとかしなければならないという使命感に駆られていたこと。

だけど、それが裏目に出てしまい、姉に激怒されたと。

ドクドクと心臓の音がイヤな音を立て始める。

——良之助さんは、私が嫌悪していた〝りょうちゃん〟なの……？

まさか、という気持ちと、やっぱりという気持ち。揺れる気持ちの答えを知るのは、目の前の良之助さんだけだ。

のどか先輩からは、詳しく弟のことを聞いたことがない。

私が知りうる情報は、彼女の弟の名前が〝りょうちゃん〟ということと、家族思いだけど姉に対しては過干渉だということ。

両親が離婚していて、のどか先輩は母親の姓を名乗り、弟は父親の姓を名乗っていることは聞いている。だが、弟の姓までは聞いたことがなかった。

膝に置いておいたナフキンをギュッと握りしめる。

何かに縋っていないと居ても立ってもいられなくなってしまいそうだ。

良之助さんも、よくよく考えれば〝りょうちゃん〟だ。

いくつもの共通点が浮かぶたびに、愕然としてしまう。

窓の外ではパッと大輪の華が咲き誇り、一瞬にして闇夜を明るくする。

そして、すぐにその明かりはなくなった。また、沈黙が落ちる。

「手塚のどかは、俺の姉だ」

「それで、あのとき……」

また一つ〝りょうちゃん〟と〝良之助さん〟が繋がる糸口を思い出してしまった。

水族館に行ったとき。お互いの知らないところを質問し合った。

そのとき、良之助さんは私の勤め先を聞いてきた。あのときの態度が引っかかっていたのだ。

普通なら、会社でどんな仕事をしているのか。会社は楽しいかなどを聞いてくるだろう。

それなのに良之助さんは私の勤め先の社名を確認しただけだった。それも硬い表情だった気がする。

きっと、自分の姉と同じ会社に私が勤めていて、ニアミスをしていないか。それを気にかけていたのかもしれない。

それは、のどか先輩の弟が良之助さんだと知られたくなかったから。

知られたら、私が彼の姉と接触するかもしれない。それを恐れていたとしたら……？

良之助さんが意気消沈していた理由を、私に知られてしまう可能性が高い。

彼こそが、のどか先輩の恋路の邪魔をし続けていた〝りょうちゃん〟だということを。

ゴチャゴチャしてしまっている頭の中を、なんとか整理しようと必死になる。

良之助さんは、神妙な面持ちで声を絞り出す。

「三日前、新甫さんから聞いた。彼と真凜がいとこ同士だと。そして……姉さんからは、真凜が後輩で仲がいいということを聞いた」

先日、のどか先輩からシスコン弟くんの話を聞いて心配だったから、私は隼人くんに連絡をしている。

そのときに、彼の尋問にあってしまったのだ。で、結局良之助さんのことを話してしまったのである。

でも、私の彼となった良之助さんがのどか先輩の弟だという事実は教えてはもらえなかった。

隼人くんのことだ。部外者が口を挟む案件ではないと判断し、私に伝えなかったのだろう。

彼は、ミネラルウォーターが入ったグラスに手を伸ばした。そして、それを一気に呷る。

そんな良之助さんを呆然として見つめていると、彼は視線を落とす。

「姉さんから、色々と相談を受けていたんだろう?」

「……うん」

素直に頷くと、彼はキツく唇を横に引いた。硬直する顔を見て、何も言えなくなってしまう。

私たちに沈黙が落ちている間も、花火が咲いて夜空が明るくなり、そして暗くなる。

何度か繰り返されたあと、彼は真摯な表情で口を開く。

「シスコン激ヤバ弟くん」

彼が小さく囁いた。その言葉にハッとして、顔を上げる。

良之助さんは悲痛な空気を纏ったまま、私をまっすぐに見つめていた。

「俺のことを、そう呼んで非難していたと聞いた」

「えっと！」

なんと言えばいいのかわからなかったが、とにかく話を止めようとした。

だが、彼は首を横に振って続ける。

「いや、その通りだ。真凜が正しい。そう言われても仕方がないことを、姉さんにしてきた自覚はある。それに気がついたのが、姉さんに見合いを無理矢理させたときだ。真凜も聞いたのだろう？　姉さんが怒鳴ったことを」

「うん」

コクンと首を縦に振ると、彼も相づちを打つように頷く。

「男に免疫がない……いや、男に恐怖心を抱いていた姉さんを守ってくれる男を捜すのは俺の使命だと思っていた。だが、それは俺の独りよがりだったのだと、姉さんに怒鳴られてようやく気がついた。姉さんは、もう自分の足で立ち、恋をしていたのだから」

「……っ！」

ジッと私の目を見つめてきた良之助さんは、目尻をゆっくりと下げる。

「新甫さんを……姉さんと引き合わせてくれてありがとう、真凜」

「良之助さん？」

「姉さんのあんなに幸せそうな顔、久しぶりに見た」

柔らかくほほ笑む彼を見つめる。もしかして解決したのだろうか。

ずっと良之助さんはお姉さんに謝りたいと懇願していた。謝罪ができたからこそ、こんなふうに穏やかな表情になったのだろうか。

「のどか先輩と、仲直りしたの？」

「ああ。そのときに、姉さんと真凜が仲がいいと知った。そして、俺の過保護な行動についても真凜に愚痴っていたと姉さんから聞いている」

小さく息を吐き出す彼は、後悔が滲んだ顔をしていた。

私は、何も言えずにただ彼の話に耳を傾ける。

「真凜に勤め先の会社名を聞いただろう？」

「水族館デートのとき、だよね……？」

「ああ。イヤな予感がしたんだ。真凜と姉さんの勤め先が同じだったから。もし、知り合いだったら、これまでのことを真凜は聞いている可能性がある。それが恐ろしくて、あのとき姉さんのことを言えなかった。過去の出来事が真凜に伝わるのが怖かったからだ。自分がどれほど姉さんに酷いことをしていたか。自覚していたから」

黙りこくっている私を見て、良之助さんは小さく息を吐き出して肩を落とす。

「真凜と姉さんが、知り合いでなければいい。そう願っていた。……だが、二人は知り合いどころか、姉さんが相談をするほど信頼をしている間柄だった。すべてが筒抜けだった」

「良之助さん」

彼は膝に両手を乗せ、深々と私に頭を下げてきた。驚いて目を見開く私に構わず、彼は懇願してきた。

「りょ、良之助さん⁉」

「真凜は、姉さんの弟に怒りを覚えているだろうし、幻滅しているだろう。だが……っ！」

勢いよく顔を上げた彼の必死な形相に、ドクンと胸が高鳴り息を呑む。

「挽回させてほしい」

「良之助さん」

「真凜を愛している。君を失いたくはない」

ときめくはずの言葉を言われているのに、今の私では何も答えられなかった。

エレベーター内でのこと、そして今夜会ってからの彼の態度への違和感を思い出し、彼は彼なりにこの縁を繋ぎ止めようと必死だったのだと悟る。だけど……。

私はのどか先輩の弟である〝りょうちゃん〟を嫌悪していた。

姉であるのどか先輩を思っての行動だったのは、今ではわかっている。

だけど私は〝りょうちゃん〟にいい感情を抱いていなかったのは事実だ。

でも、〝犀川良之助〟として知り合った彼は愛している。

――ダメだ。今は、何も考えられない。

私はナフキンをテーブルに置き、席を立つ。焦る彼を見下ろし、私は今の正直な気持ちを伝える。

「これからの付き合い。少し、考えさせて……。今は何も考えられないの」

これ以上、良之助さんの前にいたら、何を言ってしまうかわからない。

足早にレストランを出て、エレベーターに乗り込む。

扉が閉まろうとした瞬間、追いかけてきた彼の悲痛な顔が見えて胸が痛んだ。

良之助さんに「今は何も考えられないの」と言って逃げてから一週間が経過した。

今の私を表すとしたら、〝絶不調〟という言葉がピッタリ合うだろう。

何をやるにも無気力で身が入らない。仕事にも影響が出始めていてヒヤッとすることと数回。

プライベートで悩んでいるとはいえ、それを仕事に持ち込んではダメだろう。

わかっているけど、ふとしたときに考え込んでしまうのだ。

のどか先輩を悩ませていた〝あの〟シスコン弟くんが、まさか良之助さんだったなんて。

私は、シスコン弟くんが大嫌いだった。のどか先輩の恋のチャンスを根こそぎ奪っていく不届きな男。そういう認識でいたのに……。

そんな要注意人物と、私が心から愛している良之助さんが同一人物だと言われても、すぐにはピンと来ないのだ。

ただ、嫌悪感を抱いていた人物が良之助さんだったことがショックだった。

彼からカミングアウトされたあの夜、頭が真っ白になってしまって逃げ出してしまったのだ。

時間が経った今も明確な答えを出せずにいる。

私は良之助さんが大好きだ。

だけど、どうしても脳裏には〝シスコン激ヤバ弟くん〟の所業の記憶が残っていて複雑な気持ちになる。

良之助さんがのどか先輩の弟であるという事実に対して、自分の中で納得しない限りこの悩みは続いてしまうのだろう。

いずれすべての決断をして彼に返事をしなければならない。だが、今の私にはそれは難しそうだ。

そんなことを考えながら、駅の改札へと入っていく。

足取り重く、ホームへと向かう階段を降りようとした、そのとき。

「キャッ！」

足を踏み外してしまった。体勢が崩れ、このままだと下まで転がり落ちてしまう。

痛みを覚悟し、身体を硬直させた。だが、いつまで経っても痛みがやってこない。

恐る恐る目を開いてみると、腕は誰かによって掴まれていて、転がり落ちそうになっていた私を助けてくれたようだ。

「スミマセン！　ありがとうございました」

慌てて振り返り、私は驚きのあまりその人物を凝視してしまう。

「良之助さん？」

「……心臓が止まるかと思った」

なぜに彼が今ここにいて、私を助けてくれたのだろう。

聞きたいことは山ほどあるのに、ビックリしすぎて言葉が出てこない。

「危なっかしいとは聞いていたが……本当だったな。改札のところで君を呼んだのに、全く気がつかないで」

「え？」

「それもフラフラした足取りで階段を降りようとして肝が冷えた……。でも、真凜を助けることができて本当によかった」

安堵のため息を漏らす彼を凝視したままの私だったが、次の瞬間には身体がふわりと浮く。

「ちょ、ちょっと！　良之助さん？」

気がつけば、私は良之助さんに横抱きにされていた。

彼の足はホームへとは向かわず、なぜか再び改札を出てしまったのだ。

ロータリーに停まっているタクシーに向かおうとする彼に、私は慌てて聞く。

「どこへ行くの？　下ろして！」

「怪我しているといけないから、病院に連れていく。そして、下ろさない」

一応私の問いかけにはすべて答えてくれた。だが、そういうことじゃない。

彼は私の希望など聞かずに、ズンズンとタクシーに向かって歩いていく。

「どうして良之助さんはこの駅にいたの？」

タイミングよく私を助けてくれたことに疑問を抱いていると、彼は澄ました表情で言う。

「真凛を見守るため」

「は……？」

「姉さんから聞いた。真凛が最近危なっかしいって。気をつけて見てあげた方がいいって」

「のどか先輩が？」

確かに社内でも色々と危なっかしいことばかりしていて、のどか先輩にも「大丈夫？」と何度か心配された記憶がある。

「それに、俺もそろそろ限界。真凛一人に考えさせていたら、悪い方へと持っていかれそうだし。だから、アポなしで真凛を待っていた。そうしないと、君はいつまで経っても俺に会ってくれないだろう?」

「……っ」

確かにその通りかもしれない。言葉を濁す私を見て、彼はため息を零す。

「俺の判断は正しかった。もう一度声をかけようとした瞬間、階段を踏み外すんだから……。でも、助けることができて本当によかった」

「良之助さん……」

胸がキュンとしてしまう。絆されそうになったが、なんとなく面白くなくて悪態をつく。

「それにしたって、限界って……。まだ一週間しか経っていないでしょう?」

「一週間も、だ」

「え?」

目を何度か瞬かせていると、彼は切羽詰まった表情を向けてくる。

「真凜の声を一週間も聞けなかった。耐えられない」

彼の切実な訴えに、私の頬はジワジワと熱くなっていく。

タクシーに近づくと、後部座席の扉が開く。そこに慎重な手つきで私を座らせ、その隣に彼も乗り込む。

「□□クリニックまで」

運転手にそう告げると、タクシーはゆっくりと動き始めてしまった。

呆気に取られていた私だったが、彼のジャケットの袖をチョンチョンと引っ張って小声で抗議する。

「どうして、病院に行くの？」

「どうしてって。足を捻ったかもしれないだろう？　念のために医者に診てもらった方がいい」

「大袈裟だと思うんだけど……」

口答えする私に向き直り、彼は真剣な目で諭してくる。

「俺の大事な人だ。心配して何が悪い」

「え、えっと……？」

「心配しすぎるぐらいが、ちょうどいい」

彼は携帯を取り出し、どこかに連絡を入れ始めた。最後に「よろしくお願いします」とだけ言って、ジャケットのポケットに携帯を突っ込んだ。

「予約を取った」

「え？」

「知人が院長を務めている整形外科だ。腕は確かだから安心して」

「あ、あのね？　そもそもお医者様に診ていただかなくても……」

「いや、診てもらうから」

こうなってしまうと、私が何を言っても無駄かもしれない。

助けてくれたことには感謝しているけど、――とはいえ、少々ストーカーチックだったのは否めないが――あまりに強引だ。

仕方がないので、ここは彼の言う通りにしようと諦めた。

タクシーが止まった先は、商業ビルだ。見上げると、五階にクリニックの看板が見える。

エレベーターに乗ってクリニックへ行くと、そこには人の気配がほとんどなかった。

どうやらすでに診療時間は終わっていて良之助さんの知人だという院長先生だけが待っていてくれたようだ。

ますます申し訳なくて遠慮しようとしたのだが、良之助さんの極度の不安を感じ取ったのか。

院長先生は苦笑いをして、私を診察してくれた。

そして、案の定。どこも異常はなしという診断結果だった。

院長先生は「良之助が、家族以外でこんなに必死な顔をしているのを初めて見たよ」とほほ笑んでくれたが、恥ずかしくて堪らなかった。

診察室から出るとそこには良之助さんが心配そうに立っていた。

「安心しろ、良之助。レントゲンを一応撮ったが、骨に異常なし。捻挫もなさそうだぞ」

「そうですか。ありがとうございます」

院長先生の言葉を聞いて、ようやく安堵したようだ。

そんな様子の彼を見て、院長先生は嬉しそうにほほ笑んだ。

「大事にしてあげろよ、彼女」

「もちろんです」

きっぱりと言いきる彼を見て、院長先生はますますご満悦の表情になった。

院長先生に丁重にお礼を言ったあと、彼は私の肩を抱き寄せて一緒にエレベーターに乗り込む。

彼は〝閉〟のボタンを押したあと、地下二階のボタンを押した。

扉は閉まり、エレベーターは下降を始める。二人きりの空間に、息が詰まる思いがした。

エレベーターにどこかの階で人が乗り込んでこない限り、良之助さんと二人きりだ。

彼はこちらを振り返り、必死な形相を向けてくる。

「この前の答えは、ノーだ」

「え？」

「俺との付き合いを考えさせてほしい、という真凜のお願いは聞けない」

「っ！」

一方的な言葉にカッとなって口を開こうとしたが、唇に彼の人差し指が押し当てられた。

条件反射のように口の動きを止めて、目を丸くする。

切れ長で魅力的な目がこちらを射貫くように見つめていた。

息を呑んでいると、唇にあった指は私の耳元に動く。乱れて口元に触れていた髪を払うように、一房の髪を耳にかけてくる。

耳に微かに触れた彼の指。ゾクリと背中が甘く疼くのは、身体が彼を許しているからだろうか。

「考えなくていい」

「え？」

「心で感じてほしい。真凜にとって俺が必要な男なのか、そうでないのか」

何も言えずに固まっていると、彼は困った様子で眉尻を下げた。

瞳には寂しさと切なさが込められていて、こちらが罪悪感に苛《さいな》まれてしまう。

そんな私の一瞬の隙を突くように、彼は言い募ってくる。

「確かに今までは家族のためだけに生きてきた。だが、もう家族は大丈夫だ」

「良之助さん？」

「今度は自分の幸せを求めたい。そう考えたとき、俺と一緒に幸せになってもらいたいと思ったのは、真凜。君だ」

熱っぽく語られ、頭が真っ白になってしまう。

何も言えずに固まっていると、地下二階にエレベーターが到着する。

ゆっくりと扉が開く。そこは駐車場だった。

そして、一台見慣れた車がある。良之助さんの車だ。

おそらく私が検査などをしている間に、自宅マンションに戻って車を取ってきたのだろう。

ハッと我に返ったときには、私の手首は彼に掴まれていた。

「行こう」

「ど、どこに？　それに、私は考える時間が欲しいって言った！」

掴まれている手を振りほどこうとしたが、彼にギュッとより強く握りしめられる。

「そんな時間、これ以上あげるわけがないだろう？」

「良之助さん!?」

「それより、君はもっと違うことに意識を持っていくべきだ」

「は？」

意味がわからない。眉間に皺を寄せて訝しげにしていると、彼は助手席のドアを開いた。

どうぞ、と促されたが、先程の答えが先だ。

そんな強気な気持ちで対峙すると、彼は真面目な顔で言いきる。

「俺は、諦めない」

「な、何を言って……」

「確かに以前の俺は真凜に毛嫌いされても仕方がない行いをしていた。それは認める」

潔《いさぎよ》すぎる返答ではあるが、どこか開き直って見えるのは気のせいだろうか。

怯んでいる私を彼は車に追いやり、腕で囲い込んできた。

慌てる私に、良之助さんはそのキレイすぎる顔を近づけてくる。

「だが、真凜は改心した男が挽回をしようとしているのに、切り捨てるのか？」

「ちょ、ちょっと！　良之助さん？」

「真凜なら、チャンスをくれる。俺は、そう信じている」

何だか雲行きが怪しくなってきた。

こちらは何も悪くないはずなのに、どうしてこうも罪悪感を刺激してくるのか。

さすがは仕事がデキる男だ。こちらの否定を、覆《くつがえ》そうとする手腕はさすがである。

それも微妙なラインで、私の良心をかき乱してくるところが曲者だ。

ギュッと私の両手を取って握りしめ、懇願めいた瞳で見つめてくる。

これはもう、反則だろう。

真顔の彼は、一見して冷たくて怖そうに見えてしまう。

だが、今の彼のように情熱的な眼差しを向けられたら、こちらはひとたまりもない。

——堕ちるしか道はないのかも……？

唇を尖らせながら、不服を口にする。

「狡いよ、良之助さん」

「ああ、俺は狡いよ」

「そうやって開き直るところが、すっごく悪い男だ！」

「それも自覚している」

困ったようにほほ笑む彼がキレイで絆されそうになるが、ソッと視線をそらして最後まで反抗して見せる。

だが、抵抗をする私にますます情熱的な言葉で諭してきた。

「シスコン男でも、悪い男でもいい。ただ、君が欲しい」

視線をそらしたのに、彼はわざわざ視線を合わせようと顔を覗き込んでくる。

まっすぐすぎる彼の目に、捕らわれてしまいそう。

私は、ふて腐れながら文句を言った。

「……開き直ればいいってもんじゃない」

「開き直らなければやっていられない」

潔すぎる彼に呆れてしまう。ため息しか出ない。

ガックリと肩を落としていると、彼は有無を言わせないといった表情で促してくる。

「さぁ、車に乗ってくれ。家まで送る」

「……一人で帰れるし」

「一人でなんて、絶対に帰さない」

キッパリ言いきる彼を見て、ため息を盛大に零す。

とにかく彼から一度離れて、これからのことをもう少し考えたかった。

それなのに、こんなふうに良之助さんがずっと一緒にいたらそれもできない。

それが、彼の策略だってわかっているので、抵抗してもいいはずだ。

ムッとした表情を隠さず訴えると、彼はどうやら諦めたようだ。助手席の扉を閉めてしまった。

あまりに意固地になりすぎた私を見限ったのか。そう考えるとツキンと胸の奥が痛む。

すると、彼は再び私の手首を掴んできた。

「俺と二人きりの空間がイヤなんだな?」

良之助さんはジャケットのポケットから携帯を取り出し、どこかに電話をかけ始めた。

突然の行動に目を丸くしていると、彼は私の存在をよそに誰かと話し始める。

「ああ、お疲れ。悪いが、今から言う場所に迎えに来てくれないか? ……ああ、一緒に女性もいるから、彼女の自宅まで送ってあげてほしい」

「え!?」

彼はシレッとした顔で、誰かにクリニックが入っているビルに迎えに来てほしいとお願いし始めた。

なんとなく内容からして、彼の秘書さんに私を家まで送ってやってほしいとお願いしているように聞こえる。

そんな申し訳ないことを、させられない。

私は慌てて彼の腕を掴んで、首を横に振った。

「秘書の方に、ご迷惑かけられない！」

「だが、真凜は俺と二人きりの空間にいるのがイヤなんだろう？　秘書が一緒なら、それを回避できる」

「だから！　一人で帰れるってば！」

「一人では帰さないと言っただろう」

「ううっ」

良之助さんに強く言われて、怯んでしまう。

言葉に詰まると、彼は再び通話を始めようとする。

それを止めるために、腕を引っ張って携帯を彼の耳元から離した。

もう、降参だ！

「良之助さんの車で、送ってください！」

半ば叫ぶように言うと、彼の口角が意地悪く上がる。

それを見つけた私は、唖然としすぎて言葉が出てこない。まんまと彼に嵌められたのだ。

頬を綻ばせながら、「俺が送ることになったから。いきなり電話をしてすまなかったな」と言って彼は通話を切った。

携帯をジャケットに入れる良之助さんを恨みがましい目で見つめていると、彼は嬉しそうに助手席の扉を再び開く。

「さぁ、乗ってくれ」

「……策士」

唇を尖らせて最後の抵抗を見せたが、彼はこちらがドキッとしてしまうほどキレイな笑みを浮かべ見つめてくる。

「策士にもなる。真凜を逃がさないように、こちらは必死だからな」

「それにしても強引すぎない？」

「それぐらいしないと、真凜を捕まえられないだろう？」

フフッ、と意味深に笑う彼の笑顔を見る限り一筋縄ではいかない、そんな気持ちにさせられる。

ハァーッと盛大にため息を吐き出すと、彼は私の背中にポンポンと優しく触れてきた。

「悪い男のままで、姉さんのことは隠し通せたらと思わなくもなかったんだが……」

「良之助さん？」

申し訳ないという気持ちが滲むような声色を聞いて、彼を振り返る。

私と視線が合うと、労るような瞳が飛び込んできた。

「姉さんと真凜が知り合いだと知ったのに、それを隠しておくのは違うと思った」

「……隠し通せばよかったんじゃない？」

「しない。真凜に嘘はつきたくない」

息を呑んで彼を見つめると、彼は真摯な態度でキッパリと言う。

「それに、真凜には俺の家族に会ってもらいたい。そのときには必ずバレるだろう？」

爽やかすぎるほどの笑顔を向けられる。だが、意味がわからず首を傾げた。

すると、もう一度彼は私の背中に優しく触れながら、車に乗るように促してくる。

彼の手にリードされる形で助手席に乗り込むと、彼は助手席の扉を閉めようとして
楽しげに笑いかけてきた。

「どうしてって顔だな」

「……だって、そう思っているし」

素直に告げると、彼はハハッと軽快に笑った。

「そういえば、真凜に言い忘れていたな」

「え？」

「結婚前提での付き合いだから」

「…………は？」

あまりに長い沈黙のあとに声を上げると、彼は肩を震わせた。

目尻に皺を寄せて、クシャッと表情を緩ませる。

イタズラが成功した悪ガキの顔をした彼は、何だかとっても魅力的に映って仕方がない。

彼に見惚れている自分に気がついて、すぐさま視線をそらす。

「その……付き合いを見直そうって思っているんだけど!?」

恥ずかしくて、悪態をついてしまう。でも、本当に考えている最中だから間違いではない。

むくれて言うと、鼻腔をフレグランスの香りが擽った。彼が近づいてきたのだ。

今、横を向いたら、かなり近い場所に良之助さんの顔を見ることになる。

緊張している私の耳元で、彼の吐息が聞こえて身体がビクッと震えてしまった。

「わかっている。だけど、結婚についても一緒に考えてほしいと思っている」

「良之助さ……ん？」

どんな顔で言っているのだろう。見てみたいが、横を向く勇気はない。

胸をときめかせながら、膝の上に置いていた手をギュッと握りしめる。

すると、彼は真面目な口調で言ってきた。

「真剣だから」

反射的に横を向いてしまった。

キスしてしまいそうな距離に、キレイすぎる顔がある。

彼から視線を外せずに胸を一際高鳴らせていると、彼はより魅惑的な表情で愛を乞うてきた。

「真凜にプロポーズする権利を、俺にくれないか？」

息が止まるかと思った。何も言えずに、ただ目を見開いてしまう。

そんな私に、彼は真剣な表情のままで口を開く。

「今は返事を急がせるつもりはない」

「良之助さん」

「そもそも、ノーと言わせるつもりもないけどな」

「……強気だね」

そうだな、と苦笑したあとは、彼はどこか自信を滲ませてくる。

「俺はビジネスの場では、このスタンスでやってきた」

チュッと音を立てて、私の耳にキスをしてきた。

慌てて左耳を手で隠すと、彼は不敵に口角を上げる。

「そのスタンスは、恋愛でも崩すつもりはない。欲しいものは、必ず手に入れる」

「っ……！」

耳を手で覆ったまま顔を真っ赤にして固まっていると、良之助さんは急に表情を柔らかく緩ませた。

「それでも、真凜の気持ちが一番だ。無理強いはしたくない」

「……ありがとう」

こういう優しさを見せてくるのが、彼らしいところだろう。

ホッと胸を撫で下ろしたのだが、すぐさまそれを少しだけ後悔する。

「でも、俺は負け戦はしない。真凜は、せいぜい俺からの抱えきれない愛を受け止める準備をしておくんだな」

「は!?」

それは結局、押せ押せで私を陥落させようとしているのと一緒ではないだろうか。

抗議をしようとしたが、そのまま助手席の扉を閉められてしまう。

不服あり！　と頬を膨らませていると、運転席に彼が乗り込んできた。

文句を言おうとしたのだが、先程までの彼が嘘のように冷静な声色で聞いてくる。

「詳しい住所を教えて？　最寄り駅しか教えてもらっていない」

「……最寄り駅で大丈夫」

「ダメ。真凜を一人で暗闇を歩かせられない」

「そんなに遅い時間じゃないし、仕事でもっと遅くなるときはあるから。そんなに心配しなくて――」

いい、そう言おうとしたのだが、良之助さんは厳しい表情で私を見つめてくる。

「ダメだ。危ない。絶対に家の前まで送るから」

断固として退かない。そんな気概を彼から感じて諦めた。

恐らく言い合いになるだけで、平行線を辿《たど》るであろうことが予測できたからだ。

このまま拒み続けても、不毛な戦いになるのは目に見えていた。

仕方なく住所を言うと、彼はカーナビに住所を入力してエンジンをかける。

「ほら、シートベルトして。動くぞ?」

「も、もうっ!」

反論する間を与えられず、慌ててシートベルトをする。

それを確認した良之助さんは、アクセルを踏んで車をゆっくり発車させた。

車の運転中にギャンギャン横で話していては、運転に集中できないだろう。

ここはもう、静かにならざるを得ない。

ムムッと唇を横に引いたまま、彼の方を見ないように流れる車窓を見つめた。

＊＊＊

大人しく俺に送られる気になってくれた真凜に、心底ホッとする。

ハンドルを握りながら、なんとか第一段階クリアだなと安堵した。

彼女を言い含めて車に乗せることには成功したが、問題はこれからだろう。

俺が、手塚まどかの弟であると真凜が知れば、こんな事態になるだろうと予測済みだったのだが……。

実際は、なかなかに堪《こた》えた。予想をしていたとはいえ、やはり真凜の表情が強ばっていく瞬間を目の当たりにして平静ではいられなかった。

真凜に姉さんの弟だとカミングアウトした三日前、俺は姉さんの彼氏である新甫さんに謝罪の場をセッティングしてもらい、実家に赴くことに。

なんとか姉さんに謝罪ができてホッとしたが、どうしても姉さんが心配で仕方がなかった。

姉さんの彼氏である新甫さんは、なんと言っても大企業の御曹司。

姉さんが将来的に苦労するかもしれない。そんな杞憂はずっと消えなかった。

俺はまだ完璧には認めていない、と言った俺に対し、新甫さんが口にした真実は目の前が真っ暗になって思考がストップせざるを得ないほどの衝撃的なものだった。

真凜と新甫さんはいとこ同士。それだけでもダメージが大きかったのに、彼はトップシークレットまで握っていたのだ。

俺と真凜がバーで出会い、その後の出来事まで知っていたのである。

相手は、新甫ホールディングスの御曹司だ。物腰柔らかで優しい紳士のように表面上では感じるが、それだけの人でないことはこちらも把握している。

恐らくだが、新甫さんの誘導尋問に乗せられてしまった真凜は、あの夜のことを語ってしまったのだろう。

策士で曲者の彼だからこそ、姉さんが苦労しないかと心配になるのは仕方がない。

しかし、姉さんの幸せそうな表情を見ていたら、二人はきっと大丈夫だろうという気持ちになった。

そんな気持ちで実家をあとにした俺の元に、翌日姉さんから電話がかかってきた。

どうやら父さんと姉さんの確執はなくなり、父親として父さんは姉さんを見守れるようになったようだ。

犀川家としてはようやく収まるところに収まり、円満になったので問題はなくなった。

俺の仕事は終わったのだと思ったし、姉さんも幸せを掴んで歩き出しているので何も問題はない。そう思っていたのだが……。

まだ問題は残っていた。そう、俺の身から出た錆が露見することになったのだ。

『ごめんね、良ちゃん。真凜ちゃん、全部知っているの……』

姉さんに近寄る男どもの排除、出会いの芽を潰すなどの行為について、姉さんは真凜に話してしまっていたらしいのだ。

真凜はそれらの出来事を聞くたびに、俺を〝シスコン激ヤバ弟くん〟と言って眉を顰めて嫌悪していたという。

それを聞いて「終わった……」と携帯を落としそうになったのは、部屋にいる飼い猫の〝あんこ〟しか知らない。

愕然としていると、耳を押さえて現実逃避したくなるような事実が姉さんによって明らかにされていく。

真凜が二人を引き合わせた理由だ。

姉さんの恋路を邪魔しまくる弟を出し抜くため。それを姉さんから聞いたときは、絶望の二文字しかなかった。

もう、おしまいだ。頭を垂れてソファーに沈み込むと、起き上がれないほどだった。

真凜には、格好いい男だと思っていてほしい。

所謂ワンナイトラブで片付けたくないと願うほど俺は彼女に対して夢中だし、のめり込んでいる。

それはもう、滑稽《こっけい》なほど必死だ。

付き合いとしては、まだまだ浅い。だが、あの夜。俺を優しく包み込んでくれた彼女の気持ちが死ぬほど嬉しかった。

ずっと誰かに頼りたい、寄り添っていたいと願っていたのだと、彼女に慰められるたびに自覚したのだ。

同時に彼女の心の中にある寂しさとか、甘えたいという気持ちにも気がついた。

それがとてもかわいらしくて、いじらしくて。

この夜限りの縁で終わらせたくはない。そう思って必死だった。

顔を合わせれば合わせるほど、声を聞けば聞くほど、彼女に嵌まっていく自分。

もう、彼女を知らなかった頃には戻れない。そう思えるほど、真凜を愛していた。

信号が赤になった。ブレーキを踏み、横に座る真凜を見つめる。

今、彼女は何を考え、これからどうしようと思っているのか。想像するだけで怖い。

恋が、愛が、こんなにも怖い一面を持っているなんて、今まで知らなかった。

心が切なくて、苦しくて。どうしようもなくなる。

格好悪い自分を見せたくないのに、洗いざらい全部彼女に知ってもらいたいと思う矛盾。

恋に……女性に必死になる自分を初めて見た。だが、そんな自分が嫌いではない。

姉さんから電話が来たとき、彼女が嬉しそうに笑っていたことが印象的だった。

『良ちゃん、変わったね。真凜ちゃんのおかげだね』と。

私も真凜ちゃんのおかげで勇気が出たんだよ、と言っていた。

確かに俺は、真凜と出会えて変わったのだと思う。

恋をするという気持ちを、彼女に教えてもらったからだ。

恋を知ってしまった今、彼女に逃げられてしまったら俺はどうなってしまうのだろう。想像するだけで怖い。

女々しくって、以前の俺だったらあり得ないとすぐさまこの感情を切り捨てていただろう。

だが彼女に恋してしまった今、後戻りなどできない。

万が一彼女を逃してしまったら、姉さんのこと以上の後悔に苛まれるに違いないのだから。

今回のことは、身から出た錆だ。その錆ごと、真凜に許容してもらうしかない。

なかなかに険しい道のりだ。だが、やってやる。

彼女が手に入るのならば、なりふり構ってなどいられない。

信号が青になり、ゆっくりとアクセルを踏んだ。

7

「ちょっと待って、良之助さん。どうして貴方も車を降りるのよ」

「どうして？　当たり前だ。大事な娘さんをお借りしていたのだから、ご家族に挨拶をするのは当然だろう？」

「全然当たり前じゃないし！　いいから帰って！」

良之助さんと〝シスコン激ヤバ弟くん〟が同一人物だったという衝撃的な真実を一週間前に聞かされて、彼とのお付き合いについてよく考えたいと思っている最中だ。

それなのに、家族に挨拶なんてされたら堪ったものではない。

良之助さんがなにげに策士なのは、今夜知るはめになった。

家族に挨拶というのも、彼の作戦の一つなのだろう。

きっと私を送ると決めた時点で、家族への挨拶についても計算済みだったはずだ。

やられた！　と思っても、時すでに遅し。

必死に彼の背中に声をかけるのだが、彼の足は止まらず我が家の門扉にまで来てしまっていたのだ。

我が家は、近所に駐車場を借りている。なのに、今夜に限って車がなかった。通常ならお父さんの車が駐めてあるはず。

――お父さん、まだ帰っていないのかも！　ラッキー！

と、この幸運に手を叩きたくなったが、今朝の会話を思い出して撃沈する。

車検に出すとお父さんが言っていたはずだ。

愕然としている間にも、彼は我が家の門を開けて内に入ろうとしている。

彼を止めようとしたのだが、庭先から数人の笑い声が聞こえてますます慌ててしまう。

――マズイ！　マズすぎる！

「待って、良之助さん――」

彼のジャケットの裾を掴もうとしたとき、庭先から声がかけられた。

「あれ？　お姉ちゃん？　おかえり！」

花火を持ちながら、双子の片割れである妹の倫子はキョトンとした顔でこちらを見ている。

「え？　姉ちゃん？　今日は、ドジせずに仕事できたか？」

倫子に続いて声をかけてきたのは、弟の卓史だ。

相変わらず失礼極まりないことを言っている。

確かにこの一週間、家族にも心配されるほど心ここにあらず状態だったのは本当だけど。

ムッとして言い返そうとしたが、彼らを見てそれどころではないと気がついた。

鳩が豆鉄砲を食らっている。そんな言葉がピッタリ合うような表情で、双子は呆然と立ち尽くしていた。

もちろん、彼らの視線は姉の私ではなく、隣にいる長身の男性である良之助さんに向けられている。

黙ったまま突っ立っている双子の気まずい空気を感じなかったのか。空気が読めないお父さんの声が聞こえた。

「おーい。枝豆が茹で上がったぞ？　さぁて、俺はこれで晩酌、晩酌！」

ウキウキと縁側にビール瓶とグラス、湯気が立っている枝豆が載ったお盆を置く。

よっこらしょ、と言いながら腰を下ろしたあと、瓶ビールの栓を抜いた。

シュポン。この場に似合わない、気の抜けた音が響く。

そんな中、パクパクと口だけを動かして驚いていた倫子が、彼を指差してはしゃいだ。

「うわぁぁ！　めっちゃイケメン。お姉ちゃんの彼氏さん、すごく格好いい！」

「姉ちゃん、すげぇじゃん！　出会いがないない、騒いでいたくせに。いつの間に、こんなイケメン彼氏ゲットしたんだよ」

双子が騒ぎたて、のんびり屋のお父さんもようやく良之助さんの存在に気がついたようだ。

良之助さんは、深々と頭を下げた。

「初めまして、犀川良之助です。真凜さんとお付き合いさせていただいております」

「っ！」

やっぱり言ってしまった。私は、咄嗟に頭を抱える。

現在、私と良之助さんは微妙な関係だ。まだ解決に至っていないどころか、問題提起が一週間前にされたばかり。腹などくくれていない。

この状況下で家族に挨拶などされても困ってしまう。

良之助さんは頭を上げると、こちらに視線を向けてくる。

私が慌てていると、彼は気がついていたのだろう。眉を下げてほほ笑む様を見ればわかる。

だが、それでも私を捕らえる手を緩めるつもりはない。そんな彼の声が聞こえた気がした。

「ほぅ、確かにイケメンだなぁ。こんばんは、犀川さん」

お父さんの気の抜けた声を聞き、ガクッと肩を落とす。

こうして自分の彼氏を親に紹介したことは今までない。お父さんだって、こんな場面に遭遇するのは初めてだ。

もっと緊張したり、怒ったり、困惑したり。娘の父親として何かしらの反応があってもいいはずだ。

それなのに、まったりとビールを飲んでいる彼は、大物かもしれない。

元々お母さんの尻に敷かれていたところがあるような穏やかな人だ。

お父さんにとっては、これが通常運転なのだろう。

良之助さんに対して、不機嫌になったり怒ったりしなくてよかったと胸を撫で下ろす。

だが、すぐにそんな自分に突っ込みを入れる。

――べ、別に。良之助さんを心配したわけじゃないしっ!

彼とお父さんのやり取りにオロオロする自分を叱咤した。

ふて腐れている私を見て、良之助さんは柔らかい表情でほほ笑んできた。

その瞬間、ドキッと胸が高鳴ってしまい、彼の思うツボに嵌まってしまう。

彼の美麗な笑みに魅了されたのは、何も私だけではなかった。

双子も、そしてお父さんさえも見惚れている。

倫子にいたっては、指を組んで夢見がちな様子で良之助さんを見つめていた。

「ほわぁぁぁ。めっちゃ王子様！　いいなぁ、お姉ちゃん。こんな素敵な人が彼氏なんて」

頬を赤く染めている倫子に、良之助さんは近づいて声をかけた。

「犀川です。よろしく」

「倫子です！　よろしくお願いします！　えっと、こっちが私の双子の兄で卓史です！」

倫子はそばにいる卓史の背中をバシバシ叩いて、良之助さんに紹介した。

テンションが上がっているためか、背中を強く叩かれた卓史は顔を歪める。

「ちょ、待てよ！　倫子。いてぇ！」

「ごめん、ごめん」

テヘッとかわいらしく笑う倫子に、噴き出して笑う卓史。さすがは双子、そっくりな顔で笑っている。

良之助さんも同じことを思ったのだろう。軽やかに笑って二人を見つめた。

「倫子ちゃんと卓史くん。二人はそっくりだけど、目元は真凜さんともよく似ている」

「そうだろう!? 犀川さん、よく見ているなぁ!」

フムフムと頷いている卓史に、倫子は呆れたように肩を竦める。

「このシスコンが! お姉ちゃん、大好きすぎだしっ!」

パコンと卓史の頭を叩いたあと、倫子はニヤッと意味深に笑った。

「犀川さん、ご覧の通り。うちのお父さんは穏やかだから、お姉ちゃんとの交際は反対しないだろうけど。卓史がうるさいから気をつけてね」

フフン、と鼻を慣らす倫子の脇腹を、卓史が小突いた。

「うるせぇよ、倫子。家族思いって言え! シスコンじゃねぇし」

顔を真っ赤にして反論している卓史を見て、良之助さんは目を細めて嬉しそうだ。

「そうか。卓史くんもお姉さん思いなんだな。そうだよな、お父さんがいないとき、君が女性二人を守っているんだから」

「って、犀川さんにも姉ちゃんがいるの? じゃあ、俺の気持ちわかってくれるよな?」

「ああ、痛いほどよくわかるな」

「だろう？　だろう？　犀川さん、話がわかる～」

すっかり男二人は気が合ったようで、そんな様子を縁側でお父さんがほほ笑ましく見つめていた。

――いやいや、どうしてこんなに良之助さんが私の家族と打ち解けているのよ！

M&Aした会社のCEOになる直前まで、営業部で働いていたと聞いている。

取っつきにくい空気を出していては、うまく商談が纏まるはずがない。

ビジネスになると、感情のシフトが切り替わって人当たりがよくなるのだろうか。

そうでなければ、規模が小さな会社とはいえ仕事の実績を認められてトップを任されないだろうけど。

凄腕営業マンの力を垣間見てしまい、唖然としてしまう。

すると、お父さんは手をちょいちょいと動かして、良之助さんを誘った。

「犀川さん、真凜を送ってくれてありがとう。どうですか、一杯」

グラスを差し出すお父さんを見て、良之助さんは首を横に振る。

「スミマセン。車で来ていますので。お気持ちだけいただきます」

「そうでしたか。では、お茶を入れよう。こちらに座っていてください」

お父さんが腰を上げようとしたので、私は盛大にため息を零してそれを止めた。

「お父さん、お茶は私が入れる」

縁側でパンプスを脱いで、そそくさと台所まで行く。

ふと縁側を振り返ると、お父さんと良之助さんが何やら楽しげに笑っている。

その近くで双子が手持ち花火をしていて、ワイワイと賑やかだ。

「何だか不思議な気分……」

良之助さんが我が家にいて、家族たちと団欒《だんらん》を楽しんでいる。そんな彼の横顔は、とても穏やかだ。

バーで良之助さんと再会したときは、暗く沈んだ表情で今にも泣き出しそうだった。

ようやくお姉さんである、のどか先輩と和解できてホッとしたからこその笑顔なのだろうか。

それとも、私にのどか先輩と姉弟だと明らかにしたので、肩の荷が下りたからなのか。

私が現状を受け入れない限りは良之助さんの悩みは消えないだろうが、それでも隠し事がなくなって安堵しているのだろう。

彼が心穏やかになり、前向きになってくれた。それに関しては安心している。

まだ問題はあるので、すべて丸く収まったとはいえないけれど。

冷蔵庫から麦茶が入ったピッチャーを取り出し、グラスに注ぎながら先程の卓史の言葉を思い出す。

お父さんは、単身赴任が長かった。今も、短期出張で家を空けることが多い。

だからこそ、卓史は卓史なりに家族を守る意識を持っていてくれたのだろう。

弟の気持ちを聞いて、感動で鼻の奥がツンと痛くなる。

男は俺一人。自分が家族を守らなくては。

そんな使命感を、幼かった頃から卓史は持っていたのだろうか。

今でこそ身体も大きくなって、成人男性に近づいている。

まだ背丈が低くて声変わりしていなかった頃も、家族を守ると自分自身に誓っていたのだろう。

卓史の話を聞いたとき、良之助さんものどか先輩に対して卓史と同じ気持ちを抱いていたのだろうと気がついた。

良之助さんとのどか先輩の家庭はご両親が離婚をして離れ離れになってしまったからこそ、家族を守らなくてはという気持ちはより強いものだったはず。

シスコン激ヤバ弟くんの心の奥底を垣間見て、私はなんとも言えない気持ちになる。

麦茶が入っていたピッチャーを持ったまま考えていると、背後に誰かが立った気配がした。

「どうした、真凜」

「りょ、良之助さん？」

振り返ると、良之助さんが心配そうに私を見下ろしていた。

驚いて声が上擦ってしまう。だが、すぐに冷静さを取り繕いながら、持っていたピッチャーを冷蔵庫にしまう。

「大丈夫よ。ほら、あっちでお茶にしよう」

「ああ、ありがとう。その前に、お母さんに挨拶させてもらっていいか？」

「え？」

「君のお父さんからは、許可はいただいている」

縁側にいるお父さんに視線を送ると、ヒラヒラと手を振っている。確かに許可を出したようだ。

「うん……。こちらへどうぞ」

縁側から続く和室にある仏壇の扉を開く。すると、良之助さんは私に小さく頭を下げて、仏壇の前にある座布団に正座して一礼した。

線香に火を灯して位牌をジッと見つめたあと、手を合わせて目を閉じる。

庭先ではお父さんと双子の朗らかな笑い声が聞こえた。だが、この和室はシンとして静かだ。

薄暗い和室で、彼は何を思って仏壇に向かっているのだろう。

こんなときでも魅力的で格好いい彼が、何だか悔しくなる。

強引すぎるほど強引に迫ってくるくせに、そこからは彼の愛を感じてしまうのだから文句の一つも言えずじまいだ。

のどか先輩も同じような気持ちだったのかもしれない。そう考えながら、彼のキレイな横顔を見つめる。

毎回、のどか先輩は良之助さんに恋愛に繋がるような出会いなどを邪魔され続けていた。

だけど、彼女は「また、良ちゃんに邪魔されちゃった……」と困ったようにほほ笑むだけで怒らない。

それを見て、私が一人でヤキモキしていた。

どうして、のどか先輩はシスコン弟に対して怒らないのか。もう二度としないで、そんなふうに止めないのか。

ずっとずっと不思議で仕方なかった。

でも、今の私なら少しだけわかる気がする。彼がのどか先輩に向けていた気持ちを知ったから。

彼はただバラバラになってしまった家族を、なんとしてでも元に戻そうと必死だっただけなのだ。

その足がかりが、のどか先輩の男性に対しての苦手意識をなくすことだった。

だからこそ、良之助さんは彼女に見合う男性を探し続けていたのだ。

のどか先輩はそれがわかっていたからこそ、良之助さんが色々な手を使って妨害してきても強く注意できなかったのだろう。

弟は弟の立場で、色々と考えることがあるようだ。それは、良之助さんにも言えることだし、私の弟である卓史にも同じことが言えるのだろう。

家の中に男性が自分しかいない場合。子どもだろうが、大人だろうが、「自分が家族を守らなくては」という使命感を覚えるのかもしれない。

その気持ちも、なんとなくだが理解できるのだ。

お母さんが亡くなったとき、私がお母さんの代わりとして家族を守っていかなくては。そんな気持ちになった。それと似たような感情なのだろう。

やり方は拙《まず》かったかもしれないが、良之助さんは必死だったのだ。

とにかく、お姉さんであるのどか先輩を幸せにしなくてはと、必死になりすぎてエスカレートしてしまったのだろう。

家族と言えど、距離感は難しい。良之助さんは今回の件で痛いほど思い知ったはずだ。

あんなに悲しそうで、いつか消えてしまうのではないかと心配になるほど意気消沈していたのだから。

良之助さんは合掌を止めて目を開くと、位牌に向かって一礼して座布団から退いた。

「ありがとう。君のお母さんに挨拶ができてよかった」

「……そう」

サラリと流そうとした私に、彼は少しだけ意地悪そうな表情に変わる。

「どんな挨拶をしたのか。興味はないか？」

「……別にないです」

嘘だ。だけど、なんとなくだが想像はつく。

こちらが赤面してしまいそうなことを、つらつらと天国にいるお母さんに話しかけていたはずだ。

座卓に置いておいた麦茶のグラスを「どうぞ」と彼に差し出すと、お礼を言ったあとに彼は一口飲む。

私も麦茶に口をつけたとき、彼は先程の挨拶の内容を言い出した。

「真凜さんと将来を約束しております。お許しいただけますか、と」

「ブッ――！」

思わずお茶を噴いてしまう。慌ててティッシュを数枚取ると、零してしまったお茶を拭き取る。

「何を言い出したのよ！　良之助さん」

「何をって……。正直に俺の現在の立ち位置を、ご報告したのみだが？」

「いやいや、間違っているし。将来なんて約束していないし！」

「約束し合っていないだけで、俺は約束した」

「あのねぇ！」

今度は座卓に置いたグラスを倒してしまった。頭が沸騰している私は、ただ唖然と固まっているだけしかできない。

座卓に零れてしまったお茶は、良之助さんがティッシュで拭いてくれる。

手を動かしながらも彼の表情は、どこか幸せそうだ。

「それに、まだ別れ話は切り出されていない」

「え……？」

座卓を挟んで向こう側にいた良之助さんだったが、座卓に両手をついたあと腰を上げて私の顔に近づいてくる。

一気に近づいた彼との距離に、胸が高鳴ってしまう。

「今も、真凜は俺の女だ」

声を上げそうになり、慌てて手で口を押さえた。

私が挙動不審になっている間に、すでに彼は座り直してお茶を飲んでいる。

涼しい顔の彼を見てムカッときたが、すぐに今の状況を思い出して視線を縁側へと移す。

相変わらず双子は花火を楽しんでいるし、お父さんは枝豆を口に放り込んでいる。

こちらを見ていなかったことにホッと胸を撫で下ろしていると、良之助さんは腰を上げた。

「そろそろ、お暇《いとま》する」

「あ……うん」

短い滞在時間に驚くが、元々強引に我が家に押しかけてきたのだったと思い出して素っ気ない態度をする。

もう帰るの？　そんな言葉を言いそうになっていた自分を叱咤しつつ、お父さんたちに挨拶をする彼の後ろ姿を見つめた。

「では、失礼します」

「今後も真凜をよろしくお願いいたします」

「はい、もちろんです。こちらこそ、よろしくお願いします」

深々と頭を下げ合う二人に、私は突っ込みを入れたくなるがきっと無駄だ。

良之助さんの外堀埋めの速さはすさまじい。

今ここで私が抗議の声を上げてもうまく丸め込まれてしまうことは火を見るよりも明らかだ。

盛大なため息を零してこの場を収めようとしていると、倫子が私の背中を押してきた。

「ほら！　お姉ちゃん。彼氏を送ってきなよ～」

「えっと……え？」

グイグイと力強く背中を押し、私を良之助さんの方へと押しやってくる。

蹌踉《よろ》めいた私を、当たり前だというように良之助さんが抱きとめた。そして、私の顔を覗き込んでくる。

「真凜、見送りしてくれるか？」

ここでイヤだなんて声を上げたら、私が家族に非難されるだろう。そんな視線がヒシヒシと感じられる。

それに私も良之助さんに話したいことがある。コクリと小さく頷いたあと、家族を振り返った。

「じゃあ、駐車場まで送ってくる」

それだけ言うと、彼の背中を押して駐車場へと急ぐ。ここまで来れば、家族の目は届かない。

ようやく二人きりになり、私は小声で彼に抗議した。

「……どういうことよ、良之助さん」

「どういうことって。真凜はわかっていると思うが？」

確かにわかっている。これだけあからさまに外堀を埋められてしまえば、子どもでもわかるだろう。

それでも言わずにはいられない。

プリプリと怒って反論しようとしていると、彼は私の顎を指で掴み、強引にキスをしてきた。

「っふ……！」

口内まで彼の熱が入り込んできて、甘い吐息を上げてしまう。

すっかり彼の体温に絆されている自分の身体は、彼に対して従順だ。

ゾクゾクッと身体中に熱い快感が走って立っているのもやっとの状態になり、私は縋るように彼のジャケットを握りしめた。

ようやく離れていった唇を見て、「もう少し、このまま……」なんて甘ったるい願望が浮かびそうになるのをグッと堪える。

せめてもの反抗だとばかりに彼を睨みつけた。だが、そんな私を見て彼は嬉しそうにほほ笑んでくる。

ため息をつき、私はジトッとした目を彼に向けた。

「……怒っているんですけど。ここ、どこだかわかっています？　それに、私たちは今、微妙な関係で、私は貴方との付き合いを考えさせてほしいって言っていたはずだけど？」

「俺を上目遣いで見る真凛は、かわいい。それしか考えられなかったな」

「あのねぇ！」

こちらとしては、真剣に彼と対峙しているのに。

目くじらを立てて怒ると、彼は真顔になった。

「怒っている……そんな君がかわいすぎて、もっと怒られたくなった」

「……っ！」

「こんなふうにかわいい顔で怒ってくれるのなら、一生怒られていてもいい」

言いきった。それはもう、清々しいほどだ。

何か文句でも？　とでも言いそうな雰囲気である。

真顔でそんなことを言うのは止めてもらいたい。私が照れるだけで、何も解決しないじゃないか。

恥ずかしくて何も言えないでいると、彼は私の質問にすべて答えてくる。

「質問の答えは必要か？　そうだな、ここは真凜の実家の駐車場だ。本来ならこんなところで盛るべきではないな。すまない。ただ、先程も言ったが、真凜がかわいすぎて我慢できなかった。許してほしい」

「えっと、あの……っ！」

「あとは……、そうだ。現在俺たちは微妙な関係で、真凜は考える時間が欲しいと言っていた。それはきちんと覚えている」

「それなら……」

覚えていてくれてよかった。だが、残念ながら言葉に行動が伴っていない。

言葉を挟もうとしたのだが、それを遮るように良之助さんは続けた。

「だが、これも言ったはずだ。時間などあげない、と。あげるわけがない。あげたら、君は逃げてしまう」

私の背中は知らぬ間に彼の車に押しつけられており、彼の両腕で取り囲まれてしまっていた。

私を見下ろす彼の目は、獰猛《どうもう》な獣のようだ。

獲物は絶対に逃がさない。そんな執念みたいなものと同時に、愛おしいといった甘いものにも感じる。

そのアンバランスさが、ゾクゾクするほど淫靡で私の思考を奪っていく。

言葉をなくした私に、彼は前屈みになり耳元まで顔を近づけて囁いてきた。

「シスコン激ヤバ弟くんは、何より目的遂行のためには容赦しない。知っているだろう?」

「っ!」

のどか先輩からそれはもう色々と聞いていたから、良之助さんが容赦なかったことは知っている。

ゾクリと背筋に薄ら寒さを覚えた。腕を摩る私から少しだけ離れ、彼はニッコリとほほ笑んだ。

その笑みは、とにかく有無を言わさないといったある意味清々しいものだった。

「真凜、俺は絶対にお前を諦めないから」

「良之助さん」

それだけ言うと、私を解放して車のロックを開けた。ピピッと電子音がして、彼は運転席の扉を開く。

そして、車に乗ろうとしたのを止めて私を振り返った。

「真凜、愛している。どうしようもないぐらい」

息を呑んでしまう。真剣な眼差しを一身に浴び、ドキドキしすぎて身体が甘く震えてしまった。

彼は何かを思い出して、イタズラっ子のように少しだけはにかんだ。

「真凜。姉さんに聞いてみたらいい」

「え？」

「犀川の男は、好きな女には一途《いちず》だ。真凜は逃げられないし、逃がさない」

「え？　え？」

一体どういう意味なのか。目を見開いて首を傾げると、彼は唇に小さく笑みを浮かべる。

「執念深さには、定評があるんだ」

じゃあ、とそれだけ言うと彼は車に乗り込み、私に向かって軽く手を上げると車を発車させた。

テールランプが見えなくなるまで呆然と立ち尽くしていた私は、その場にしゃがみ込んでしまう。

頬の熱を冷ましたくて、すぐさま両手を頬に当てる。

――何よ、あの色気ダダ漏れの男は！　こんなの、こんなの――、反則だっ！

「ひとたまりも、ないじゃない……」

私の情けない声が、誰もいない駐車場に響く。

それは吐息とともに出たもので、シロップみたいな甘みも含まれていた。

＊　＊　＊

九月。陰暦で涼秋なんて異名があるが、まだまだ残暑厳しく〝涼〟とは言い難い日が続いていた。

残業終わりで疲れた身体を引き摺りながら更衣室へと行き、バッグを取り出す。扉についている鏡を覗き込むと、ヨレヨレな顔が映っていた。

そういえば、と昼休憩もろくに取れないほど忙しくて、メイク直しができなかったことを思い出す。

バッグからメイクポーチを探そうとして、その手を止める。

電車に乗るとはいえ、あとは帰るだけだ。

家につけば、ダッシュで洗面所でメイクを落としてお風呂に入る予定。あと小一時間だ。

それなら、直さなくてもいいか。

疲れすぎて億劫になっていた私にそんな考えが浮かぶが、それでもあまりに酷い有様なために渋々と直すことを決める。

あぶらとり紙を鼻先に押しつけながら、ここ最近の出来事を思い出す。

良之助さんが、のどか先輩の弟であるというショッキングな事実を聞いてからひと月以上が経とうとしている。

考える時間などあげない。良之助さんの宣言通り、少しの暇も与えられないほどグイグイと口説かれている状況だ。

それは直接的のときもあるし、間接的のときもある。

神出鬼没に現れて私の前に立つ彼は、のどか先輩の恋路を邪魔していた頃と同じだ。

彼の辞書に、アプローチの手を緩めるなどという言葉は存在しないらしい。

だが、恐らく仕事はめちゃくちゃ忙しいはず。それでも、彼は私と顔を合わせることを大事にしているようだ。

『今が正念場だからな』などと、どこかの受験生みたいなことを言っていた。

でも、明らかに疲れが見えている顔で言われても、こちらとしても困ってしまう。

無理をしないでほしい、と頼み込んでも、彼は首を縦には振らない。

『真凜の気持ちを再び掴むのが最大の目的。だけど、俺が単純に君に会いたいだけだ』

そんなふうに嬉しそうにほほ笑まれてしまったら、それ以上は言えなくなってしまうのだ。

これでもかと熱烈的なアプローチを繰り返されているわけだが、それは何も私に対してだけではない。

私への間接的なアプローチも試みているのである。所謂、外堀を埋めるというやつだ。

駅で彼が助けてくれた日から、良之助さんは気がつけば私の実家にいることが増えていた。

私と一緒に実家を訪れる、もしくは私が実家にいるときに突撃してくるのならまだわかる。

しかし、私がいないときでも実家にいるのはいただけない。

それだけではなく、知らぬ間にご近所さんとも仲良くなっていたのだ。

実家があるのは昔からの下町で、気難しい人も多い。それなのに、良之助さんは彼らの懐にスルリとうまく入り込んでいたのである。

彼は先日、うちの縁側で近所の人も交えて将棋を指しながら、ああでもない、こうでもないと和気藹々《わきあいあい》としていたのである。

その光景を見たときは、目眩がするかと思った。

ただ、こんな状況がずっと続くのはよくないとは思っている。早く結論を出すべきなのだろう。

しかし、心の整理がまだしっかりとできていない今、容易に答えを出したくない。

良之助さんだって、私が曖昧な返事をしたら納得いかないはずだ。

そうは思うのだが、何だかわからなくなってしまっていた。

彼は、以前までは嫌悪していたのどか先輩の弟だ。どうしてもそのときの悪印象が脳裏にちらついてしまう。

もちろん〝りょうちゃん〟の印象は、のどか先輩から聞いていた情報のみで作られたもの。頭ごなしに嫌悪を剥き出しにするのもダメだろうとはわかる。

最悪な印象しかなかった人物だが、そうとは知らずに同一人物に恋をした私。

なんて複雑な立ち位置にいるのだろうと頭が痛くなる。

私はカフェで見かけた犀川良之助に恋をした。それは間違いない。

だが、のどか先輩の弟うんぬんとは別の理由でも引っかかっているのだ。

バーで浴びるほど酒を呑んでいた彼を見て慰めてあげたいと思ったのは、同情からだったのかもしれない、と。

そして、それは良之助さんにも同じことが言えるのかもしれない。

私が弱りきってやさぐれていたから、こちらの誘いに乗っただけ。お互い、慰め合っていたら、それを恋と勘違いしてしまった……とか？

そうかもしれないと気がついてしまい、何だか泣きたくなってしまう自分がいた。

なんといっても、最初がまずかっただろう。

情熱的な夜を過ごしてしまったからこそ、誤解してしまっている可能性だって捨てきれない。

――身体が彼に恋をしただけだったとしたら……？

ウジウジと考える自分は、とっても面倒くさい女だ。だけど、やはり不安が込みあげてしまう。

シスコンだったという過去を除けば、良之助さんは素敵な男性だ。世の女性が黙ってはいないほど。

そんな男性が、どうして平々凡々な私と付き合おうなどと思ったのか。

彼に交際を申し込まれたときも脳裏に過った疑問ではあるが、見て見ぬふりをしていた。

結局は自信がないのだろう。自分に自信がないから、彼の言うことが信じられない。

堂々巡りの悩みは、なかなか出口を見つけられずにいた。

悩み続けていた先日、久しぶりにのどか先輩とご飯を食べに行くことに。

声をかけてくれたのは、のどか先輩だ。私と良之助さんのことが気になって仕方がなかったからだろう。

のどか先輩は、私が〝りょうちゃん〟に対してあまりいい感情を抱いていなかったことを知っている。

だからこそ、私と良之助さんの仲を心配してくれていたようだ。

良之助さんがどうしてのどか先輩に対して過保護になっていたのか。

その件については、私が彼から聞いていた内容と同じだった。

良之助さんから聞いた、とのどか先輩に言うと「それだけ、真凜ちゃんが特別なんだろうね」ととても嬉しそうに目尻を下げてほほ笑んでいた。

良ちゃんは弱みを見せるのが苦手なのにね、と家族のことを私に包み隠さず伝えていたことにのどか先輩は驚いていた。

そして、これは最近わかったことらしいのだが、のどか先輩の恋の芽を良之助さんが摘《つ》んでいたのはきちんとした理由があったようなのだ。

のどか先輩に関わっていた男性たちや、合コン相手の男性たちの中には、ろくでもない男も含まれていたという。

良之助さんはそれを事前に調べていて、計画的に邪魔をしてその出会いを潰していたらしい。

のどか先輩はあまり男性運がよくなかったみたいで、良之助さんは頭を抱えていたようなのだ。

のどか先輩が隼人くんと付き合い出したと聞いたとき、「また、ろくでもない男かもしれない」と警戒していたのだという。

だけど、その事実をのどか先輩に伝えたら、自分を責める可能性もあるし、恋をしたくないと思ってしまうかもしれない。

それを危惧した良之助さんは、自分が悪者になって危険を回避させていたらしいのだ。

良之助さんのわかりづらい優しさに、「ちゃんと言ってくれればよかったのにね」とのどか先輩は肩を竦めていた。

隠されていた事実を教えてくれたあと、のどか先輩は神妙な顔つきで言った。

「ゆっくり考えてくれればいいと思う。犀川良之助の一面だけじゃなくて、色々な表情を見て決めてほしいなって。これは、良之助の姉としてのお願い。でも、真凜ちゃんの先輩としては、忖度《そんたく》なく考えてほしいとも思っているの」

そう言ってのどか先輩は、困ったように眉尻を下げていた。

板挟みにしてしまって申し訳なかったが、私の気持ちを尊重してくれた彼女に感謝だ。

その言葉に頷いたあと、私は一つだけのどか先輩に聞いてみた。

以前、良之助さんに言われた言葉で気になっていた〝あの〟ことだ。

『犀川の男は、好きな女には一途だ』そんなことを彼は言っていたが、どういう意味なのだろうとずっと気になっていた。

それをのどか先輩に告げると、目をまん丸にしたあと楽しげに笑い出したのだ。

「それは、うちのお父さんのことだよ」と、教えてくれた。

二人のご両親が離婚した理由は色々あり、その一つにお父さんに対して秋波を向け続ける女性たちの問題もあったようなのだ。

犀川のお父さんは、かなりの男前らしい。

のどか先輩は、「娘の私が言うのも何なんだけど、うちの男連中は顔がいいの。すっごくモテる」とため息をついていた。

私は犀川のお父さんに会ったことはないが、良之助さんがものすごく顔面偏差値が高いのできっと彼のお父さんもめちゃくちゃ格好いいのだろうと容易に想像できた。

そのお父さんだが、結婚後も女性からのアプローチがすごかった上、犀川食品が倒産の危機で家庭を顧《かえり》みる余裕がなかったらしい。

そんなお父さんを見て、お母さんは不安を募らせてしまったようだ。

だが、犀川のお父さんは、離婚前も後もお母さんを一途に愛し続けていたという。

この十数年、ずっとずっとのどか先輩のお母さんを希っている。

振られても、断られても諦めない。ただ自分の元妻を愛し続けていたのどか先輩のお父さん。

その話を「すごく素敵！」と目を輝かせて聞いていると、のどか先輩はニッコリとほほ笑んで言ったのだ。

「良ちゃんも確実に犀川の男だよ。真凜ちゃん一筋ってこと。今まで私や家族のことばかり考えて生きてきた良ちゃんだからこそ、姉としては幸せになってほしいって思っているの」

と言ったあと、彼女が茶目っ気たっぷりで付け加えた言葉に私は顔を引きつらせた。

「知っていると思うけど、良ちゃんは目的のためなら突き進むからね。絶対に真凜ちゃんを諦めないよ。それに、私の世話をしなくてよくなったから、その情熱を真凜ちゃんに向けてくるかもね」

頑張って！　と真剣な顔で言っていたのどか先輩だが、彼女の予想は当たっているかもしれない。

のどか先輩に向けていた情熱が、すべて私へとシフトチェンジしているように思えるのだ。

このひと月を思い出し、意図せずに息が零れ落ちる。

だが、決して深刻なものと捉えてはない。そんな自分を知るたびに、私の気持ちはあと少しで整理できるんじゃないかという予感がしている。

髪の毛をブラッシングしながら、また良之助さんのことを考えていた。

彼は今、どこにいるのだろうか。

今夜は残業になるとわかっていたから、すでに彼に伝えてある。

微妙な関係の今、彼に連絡をしなくてもいいはずだ。

だけど、連絡しておかないと会社の前で何時間も待つかもしれないし、私の実家で待ちぼうけをさせてしまうかもしれないから、連絡しておかないとマズイのだ。

カミングアウトされてすぐの頃は連絡しなかった。少し距離を置きたいと思っていたからだ。

少し前に何も連絡しなかったときがあったのだが、彼はオフィスビルの前で何時間も私を待っていたことがある。

そんな彼を見てしまったら、申し訳なくて遅くなりそうな日は連絡をするようになったのだ。

そういうのも含めて、彼の思うツボだったのかもしれないと今なら思う。

まんまと策に嵌まってしまった私は、ジタバタと一人で慌てているだけ。

それを、彼はどんな気持ちで見つめていたのだろうか。

携帯を確認する。すると、彼からメッセージが入っていた。

『仕事が終わったら連絡をくれ』

相変わらず短いメッセージだ。でも、この短い文には彼の優しさがたっぷり詰まっている。

彼は、私を迎えに来てくれるつもりなのだろう。

だけど、申し訳ないので、駅についてから『今から電車に乗って帰宅します』とメッセージを送ろう。

そうすれば、さすがに迎えに来ようとはしないだろうから。

私が一方的に距離を取ろうとしても、結局ずっと彼と近くで繋がったままになっている。

そして、ふと考えるのは、良之助さんのことばかりだ。

彼の策略にまんまと嵌まる自分だが、憤りを感じない。それが答えのような気がするが、心の整理にはもう少し時間が欲しい。

同情なのか、気の迷いなのか。すべてをひっくるめて答えが出たとき、それが私と良之助さんの関係が変わる瞬間なのだと思う。

バッグにメイクポーチをしまい込んだあと、ヒールの音を鳴らしながら人が少ないオフィスの通路を歩いてビルのエントランスへ向かった。

8

「あれ？　メッセージかな？」

エレベーターでロビーに下りたときだった。

バッグに入れていた携帯がブルルと震える。

最初こそ、良之助さんからのメッセージが届いたのかと思った。

だが、震えている時間が長い。着信だと気がつき、壁際に寄って携帯を慌てて取り出す。

ディスプレイを見て、私は首を傾げる。相手は弟である卓史だったからだ。

卓史が私に連絡をしてくるときはメッセージアプリのメッセージが大半。そんな彼からの着信だ。

何だかイヤな予感がする。慌ててディスプレイをタップして電話に出た。

「もしもし？」

「あ、姉ちゃん!?　今、どこにいるんだ？」

「どこって、仕事が終わったから会社を出て帰るつもりだけど？」

卓史の声が上擦っている。先程の予感は、当たっているかもしれない。

どうしたの、と声をかけようとしたが、卓史の方が先に告げてきた。

「倫子、姉ちゃんのところに行っていないか？」

「え？」

「倫子が、家に帰ってこないんだ」

「うそ！　だって、十時過ぎているわよ!?」

高校生の倫子が、こんな遅くまで外にいるなんて今までない。それも、家族の誰にも行き先を伝えずに外出したことは一度もないはず。

「ちょっと待って。探してみるわ！」

ここは、オフィスビルに入っている企業の社員専用ロビーだ。

携帯に耳を押し当てながら、オフィスビルを出る。周りをグルリと見渡したが、倫子らしき姿は見えない。

オフィスビルの下の階は、商業施設だ。だが、もうこの時間なので、どこの店も閉店している。

念のためと商業施設の入り口にも行ってみたが、倫子はいなかった。

「卓史、やっぱりこちらには来ていないわ」

「そうか……」

落胆した声が落ちた。私はどうしようもない胸騒ぎを覚えながら、卓史に問いかける。

「ねぇ、卓史！　倫子が帰ってこないってどういうことなの？」

思わず声が大きくなってしまった。慌てて口を手で押さえて、その場から離れて歩道の脇へと移動した。

すると、卓史は戸惑いながら、これまでのいきさつを教えてくれる。

今日、倫子の通っている高校では三者面談があった。

将来のことを踏まえつつ、進路について話す大事な面談だ。

その場で、倫子は初めて将来の夢をお父さんに話したという。

看護師になりたいから、高校を卒業したら看護学校に進学したい。そう懇願したらしい。

倫子の本気をお父さんにぶつけたようなのだが、「ダメだ。許さない」の一点張りだったようだ。

家に帰ってからも、倫子は必死にお父さんを説得した。

だが、何度お願いしても許してくれず、倫子は「もういい！　お父さんなんて大嫌い！」と啖呵《たんか》を切って家を飛び出してしまったという。

それが夕方の出来事だったようで、「頭が冷えたら帰ってくるだろう」とお父さんは思っていたようだ。

まだ日が長い九月。しかし、外が真っ暗になっても倫子は戻ってこなかった。

倫子とのけんかを聞きつけたご近所さんと一緒に探したのだが、見当たらなかったらしい。

思いつく場所はすでに探し終えているようで、とりあえずご近所さんには家に帰ってもらったようだ。

先程また、お父さんは倫子を探しに出かけたらしい。

卓史も一緒に行こうとしたのだが、「卓史は家にいろ」とお父さんに止められて家で待機しているようだ。

ギュッと携帯を握りしめて、震える手をなんとか抑える。

だが、なかなか震えが止まらない上に、ふと先日回ってきた回覧板のお知らせの文面が脳裏を過った。不審者に注意、というお知らせだ。

最近、実家辺りが物騒だと感じていた。

もしかしたら倫子が何かしらの事件に巻き込まれている可能性が……。

ドクンと心臓がイヤな音を立てた。

――大丈夫、うちの倫子はしっかりしているから。大丈夫だよ。

自分に言い聞かせたあと、不安の声を上げる卓史に明るく振る舞ってみせた。

「とにかく、卓史は家で倫子を待っていて。いつ帰ってくるか、わからないから。家から動かずにいてあげて」

「わ、わかった」

「お姉ちゃん、今すぐ帰るからね」

「ああ」

「頼むわよ、卓史！」

声が震えそうになるが、お腹にグッと力を入れて堪える。

私が叱咤したことで、卓史は我に返ったのだろう。「わかった。まかせろ」という心強い言葉を言ってくれた。

すぐさま通話を切って、駅へと足を速める。

電車で帰ろうかと悩んだが、この時間ならタクシーの方が早いだろう。

駅前のロータリーに停まっていたタクシーに飛び乗り、家へと向かった。

流れる車窓なんて目に入ってこない。ただ、倫子の無事だけを祈り続けるのだが、脳裏に過るのは最悪なことばかり。

震える手をギュッと握りしめたが、家に着くまでの時間がもどかしい。

タクシーは予測より早めに実家に到着し、私は精算をしたあとにすぐさま家に飛び込んだ。

「卓史！　倫子は？」

玄関の引き戸を開け、慌ててパンプスを脱ぐ。たたきに転がったパンプスを揃える余裕などなく、私は居間に駆け込んだ。

だが、そこには難しい顔のお父さんが腕組みして目を閉じ、卓史が携帯を覗き込んでいるだけ。倫子の姿は見えなかった。

「……姉ちゃん。まだ、倫子が帰ってこない」

「卓史……」

呆然としたまま卓史を見ると、携帯のディスプレイを私に向けてきた。

「倫子の知り合い、あとは学校の連中に呼びかけてみたんだけど……。誰も倫子を見ていないって。連絡もないらしい」

「そんな……」

ガクガク震える足に気がつき、畳の上に崩れ落ちる。

黙ったまま目を瞑っていたお父さんが口を開いた。

「日付が変わったら、警察に連絡をする」

「お父さん……」

個人でできることは、すべてやった。最終手段に出るしかないのだろう。

最悪なことばかりが脳裏を過って、やっぱりジッとなんてしていられない。

――どうしよう。こんなとき、どうしたらいい？　良之助さん。

半ばパニックに陥っていた私の心は、ここにはいない良之助さんに助けを求めていた。

それに気がつき、自分自身驚きを隠せない。

元々人に甘えたり、頼ったりするのは苦手だ。そもそも、今までだって一人で解決できる問題は誰にも相談せずに乗り切ってきた。

真凜なら大丈夫。真凜は、しっかりしているから。

皆から言われて、「うん、大丈夫。私に任せて」そんな言葉を今まで言い続けていた。

でも一方で、日頃から周りの世話ばかりしているけど、たまには甘えたい。

そう思っていながらも、甘えられないでいた。結局は、甘え下手だ。

――だけど、彼にだけは甘えることができたの。

良之助さんは、包み込むような温かい気持ちを絶え間なくくれていた。それが、とても嬉しいのだと心が常に叫んでいたのだ。

甘えたい。甘えさせてもらいたい。そんな言葉を、今まで何度呑み込んできただろうか。

唯一、私を甘えさせてくれたのは彼だけだった。

どれほど嬉しかったか。彼のそばにいると、ホッとして肩の力を抜いていた自分を思い出す。

――ああ、私。もう、答えなんて出ていたんじゃない？

ピンチのとき。そばにいてほしいと願うとき。誰の顔が浮かぶのか。

それは、私が一番大事に思っている人、信頼している人、愛している人なのだと思う。

私に欠点があるように、良之助さんにだって欠点はある。人間、完璧な人なんていない。

結局は、欠点ごと愛せるか、愛せないか。それだけなのだ。

そして、私にとって良之助さんは……前者で間違いない。

熱烈なアプローチを繰り返されても決してイヤじゃなく、最近では嬉しく思い始めている自分に気がついていた。

それを、ようやく認められたのだと思う。

私は、良之助さんのダメな部分を見ても気持ちは変わらなかった。

もちろん、戸惑ったからこそ悩んだのだけど、最終的には彼を選ぶ自分がいる。

結局、私は彼に一目惚れしているのだ。惚れたが負けなのだろう。

屋烏《おくう》の愛。人を深く愛すると、その家の屋根に止まっている烏《からす》さえも愛おしくなる。

まさに私は、良之助さんにそんな感情を抱いているのだろう。

頼ってもいいだろうか。

彼からの告白に対して、まだ返事をしていないのに、都合がよすぎないか。

躊躇しながら携帯だけ握りしめ、私は玄関に向かった。

パンプスではなくスニーカーに履《は》き代えて、再び外に飛び出そうとした、そのときだ。

ブルルと携帯が震えてメッセージが届いたことを知らせてくる。

倫子かと思って確認すると、良之助さんからのメッセージだった。

『まだ、仕事中か？』

文面を見て、彼にメールを送るのを忘れていたことを思い出す。

電車に乗る前にはメールをしようと思っていたのに、倫子がいなくなったという卓史からの電話でそれどころではなかった。

良之助さんのことだ。連絡が来ないからと、かなり心配しているだろう。もしかしたら、私の会社前まで来ている可能性もある。

すでに家に着いていること、メッセージを送り忘れていてごめんなさい。そんな文面を打った。

あとは送信するのみ。だが、私はその文面を消して良之助さんに電話をかける。

迷惑かもしれない。だけど、私は今……良之助さんの声が聞きたい。

きっと大丈夫だ、とあの優しい声で安心させてもらいたい。勇気づけてもらいたい。

『もしもし、真凜？　どうした？　何かあったのか？』

彼の低くて甘い声が、心配の色を載せている。

私を心底心配してくれていると伝わってきて、嬉しくて涙が零れ落ちていく。

音もなく涙が頬を伝いながらも、ただ携帯を握りしめるだけしかできない。

すると、何か異変を感じ取ったのか。良之助さんの声が固くなる。

『真凜、今どこにいる？　会社か？　迎えに行こうか？』

今、声を出したら泣き声を聞かれてしまう。

ただ、首を横に振って否定するのだが、電話のやり取りで私の様子など見えない彼からしたら長い沈黙でより心配してしまうはず。

わかっているのに、涙が止まってくれない。

『真凜。声を聞かせて』

「良之助……さ……ん」

やっぱり泣き声になってしまった。箍《たが》が外れたように、私は嗚咽《おえつ》を繰り返す。

『真凜。今、どこにいる？』

「家……、ごめんなさい。メッセージ送り忘れていて」

『そんなことは問題ない。今からそちらに行くから、一人で泣くな』

涙腺が崩壊してしまったように、私は幾重にも涙を流す。

彼の声を聞いたら、ホッとしすぎてその場にしゃがみ込んでしまった。

「良之助さん……助けて」

『真凜？』

「倫子が……お父さんと喧嘩して家を飛び出してから、戻ってこないの……っ」

『事情はわかった』

そう言うと、携帯越しにドタバタと音がしだした。そして、扉を閉める音が聞こえる。

『俺は今から電車に乗って、そちらに向かいながら倫子ちゃんを探すから。もう少し待っていてくれ』

「……はい」

素直に返事をした私の声を聞いたからだろうか。彼のホッとした様子が伝わってきた。

彼のマンションの最寄り駅から、私たちが住む下町の最寄り駅は電車で一本。

彼のマンションと駅は目と鼻の先。仕事を終えて家で寛いでいたのに、こちらに向かってくれるつもりだ。

申し訳ない。だけど、彼が来てくれる。なんて心強いのだろう。

ヒックヒックとしゃくりあげていると、『真凜』と優しい声色で良之助さんが声をかけてきた。

『あとでいっぱい俺の腕の中で泣かせてやるから。もう少し、辛抱しろよ』

わかった？ と慈愛たっぷりの声で言われて、私は洟《はな》をすすりながら返事をする。

『今からそちらに向かうから。真凜は、家にいて』

「でも！」

倫子の安否を考えたら、ジッとしてなんていられない。

涙声でそう訴えたのだが、彼は厳しい声で『ダメだ』と止めてくる。

『もう夜も遅い。真凜が危険な目にあったら、元もこもない』

「……」

『俺を待っていてくれ。約束できるな？』

良之助さんの言う通りだろう。私が何か事件に巻き込まれでもしたら、倫子だけの話ではなくなってしまうはずだ。

「うん……」

私が素直に返事をしたからだろう。彼は安堵したように、息を吐き出した。

『今から駅に向かう。一度、電話切るから』

「わかった」

そのまま通話は切れるのだろうと思ったら、彼は思い出したように小さく囁いた。

『真凜、俺を頼ってくれて嬉しかった』

「え？」

返事をする間もなく、彼は通話を切ってしまう。ツーツーという電子音が響くだけで、携帯からは彼の声は聞こえない。

耳に当てていた携帯を下ろし、私はそれをギュッと抱きしめた。

「私も……嬉しかった」

良之助さんの声を聞いただけで、張り詰めていた緊張がほぐれる。その反動で、泣きじゃくってしまった。

子どもみたいに泣いてしまって恥ずかしかったが、彼の言葉が心強くて嬉しかったのだ。

こんなに自分を曝け出せる相手と巡り合えた。それは、とても幸運なことだと思う。

まだ倫子は見つかっていない。心配で胸が苦しくて堪らなくなる。

だけど、良之助さんが来てくれると思うだけで心強く感じた。

玄関に座り込んだまま、どれほどの時間が経ったのだろうか。

時間にして数分のような感じもすれば、一日千秋の思いもする。

廊下にかけられている柱時計の針は真上を差そうとしていた。

ボーン、ボーン。と時計の音が鳴り響く。十二回鳴り終えたとき、お父さんがこちらにやってきた。

日付が変わったので、警察に連絡をするつもりなのだろう。

「真凜。警察に行ってくる」

「……うん」

倫子からいつ連絡が来てもいいようにギュッと携帯を握りしめていたが、未だになんの連絡もない。

それは、お父さんも卓史も同じなのだろう。

とにかく今は、倫子の捜索を早急に求めるべきだ。

私も一緒に行く、と立ち上がったとき、玄関の引き戸の前に二つの影が見えた。

「え!?」

もしかして、と期待を込めて引き戸を開ける。すると、そこには項垂《うなだ》れて立ち尽くしている倫子がいた。

そのそばには、良之助さんがいて倫子を優しく見下ろしている。

私は二人に駆け寄り、倫子の両肩に手を置いて怒鳴った。

「倫子！　どこに行っていたの!!」

安堵したからだろう。

気持ちが昂ぶっていた私は、思わず倫子をしかってしまった。そんな私の肩に手を置いて止めたのは、良之助さんだった。

「落ち着け、真凜。まずは、言わなくちゃいけない言葉があるだろう？」

彼に優しく諭され、心が落ち着いていく。彼の言う通りだ。

涙を目にたっぷり溜めて唇を噛みしめている倫子を力強く抱きしめた。

「よかった……！　無事で」

「お姉ちゃん……」

「倫子が事件に巻き込まれていたらと思うと、お姉ちゃん……どうしたらいいのか、わからなかった」

「お姉ちゃん……っ！」

倫子は私に抱きついて、「ごめんなさい！」と泣き叫び始めた。

彼女の背中を撫でながら、良之助さんを見上げる。

「ありがとう、良之助さん。倫子を……倫子を見つけてくれて」

涙をポロポロと流しながらお礼を言うと、彼は小さく首を横に振る。

「俺がここに着いたとき、倫子ちゃんは駐車場のところで座り込んでいたんだ。家に帰りたいのに帰れない様子だったから、倫子ちゃんを諭しただけだ」

倫子は捜索の目をごまかしながら、自分の行動範囲内をグルグル回っていたという。

だけど、夜は更けてきて怖くなり、家の近所まで戻ってきていたようだ。

啖呵を切って家を飛び出した手前、ばつが悪くてなかなか一人では家に入れなかったのだろう。

良之助さんが声をかけてくれたからこそ、倫子は素直に家に戻る決心を固めたのだ。

泣きじゃくる倫子を抱きしめていると、「倫子」とお父さんが声をかけてきた。

恐る恐る顔を上げた倫子に、お父さんは小さく息を吐き出す。

お父さんの表情には、疲労と安堵が入り交じっていた。そんなお父さんに、倫子は必死な形相で頭を下げた。

「お父さん、ごめんなさい。私、絶対に看護師になりたいの！　その勉強をさせてください」

深々と頭を下げる倫子を、お父さんはジッと見つめたまま何も言わない。

なぜ、お父さんは倫子の進路について難色を示したのか。思い当たる節があった。

倫子は小さい頃、とても身体が弱く、学校を休みがちだったのだ。

今でこそ元気に学校へと通えているが、小学生までは入院騒ぎになることもままあった。

今は健康体そのものだが、お父さんとしてはいつまで経っても心配で仕方がないだけなのだろう。

なんといっても看護師は、知力と体力が必要な大変な職業だ。それを倫子ができるのか。

そんなふうに、お父さんはとても心配しているのだ。

お父さんにとって、倫子はまだまだ小さい子どものままなのだろう。その気持ちは、私もなんとなく理解ができる。

だけど、倫子も高校生で進路を考える大事な時期を迎えていた。

大人への第一歩を踏み出そうとしている今、いつまでも子どものままだと考えるのはそろそろ卒業するべきかもしれない。

頭を下げ続ける倫子を、お父さんはどこか寂しそうに見つめている。

親離れ、子離れ。その瞬間が来たのだと、悟ったのかもしれない。

「倫子。もう一度、お互い冷静になって話し合おう」

「お父さん！」

涙でぐちゃぐちゃになった顔を上げて、倫子はお父さんを見つめた。

そんな彼女に、お父さんは決まりが悪そうに視線をそらす。

「頭ごなしに怒鳴ったりして悪かったな」

「お父さん」

「もう遅いから、早く家に入りなさい」

「うん！」

倫子は良之助さんにお礼を言い、嬉しそうに家の中に入っていった。

ホッとして身体から力が抜けてしまいそうになった私を、良之助さんが慌てて抱き留めてくれる。

そんな彼に縋るように、たくましい腕をギュッと掴む。

お父さんは私の方をチラリと見たあと、良之助さんに頭を下げてお礼を言う。

恐縮している良之助さんをジッと見つめると、お父さんは卓史に向かって「真凜のバッグを持ってきてくれ」と声をかけた
卓史が私のバッグを持ってくると、お父さんはそれを受け取って私に押しつけてくる。

瞬きを何度もして驚いている私には何も言わず、お父さんは良之助さんに声をかけた。

「よろしく頼みます」

「もちろんです」

短いやり取りだ。だけど、男同士何かをわかり合っているようだ。

良之助さんからの返事を聞いて、お父さんの顔が満足げに、だけどどこか寂しそうに見えたのは気のせいだろうか。

やっぱり私には何も言わず、家の中に入ってしまった。

良之助さんにしがみついたままお父さんの行動を唖然として見つめていると、彼は私の手を握って促してくる。

「行こう、真凜」

「え？」

「お父さんからの許可を得たからな。おいで」

「え？　え？」

彼に手を引かれるまま、私は実家を後にする。

強引だけど、私を気遣いながら手を引っ張っていく大きな手に優しさを感じた。

彼の足は駅に向かっているようだ。電車に乗るようだが、どこに行くのだろう。

さすがにそろそろ行き先を教えてもらいたくて彼に声をかける。

「良之助さん。どこに行くの？　これ、終電になっちゃうんだけど」

ホームに電車が止まっている。でも、時間からして、これが最終電車になるだろう。

電車に乗ってしまったら、家に帰れなくなってしまう。タクシーを使うという手もあるが、それでも時間が時間だ。

どこに行くのか、教えてもらいたい。そんな思いで彼に言ったのだが、小さく笑って私の頭を撫でるだけで肝心の答えはくれなかった。

「もう少しだけ、我慢して」

「え?」

意味がわからず首を傾げたのだが、彼にグイグイと手を引かれる。

「電車が出てしまう。行こう」

「あ、ちょっと待ってよ。良之助さん!?」

結局答えらしい答えをもらえないまま、電車に飛び乗ってしまった。

行き着いた先は、良之助さんが住むタワーマンションの最寄りの駅だ。

ここまで来れば、さすがに彼がどこに行こうとしているのかわかった。

深夜、一人暮らしの男の部屋。普通なら警戒するべきだろう。

だけど、今の私は早く連れていってほしいと願っていた。

早く、早く。貴方に包まれたい。その一心だった。

そして、先程ようやく気がついた自分の気持ちを告げてしまいたくて仕方がなくなる。

ソワソワしながらも手を引かれるまま、彼の部屋に初めて入った。

単身なのに、こんなに大きな部屋が必要なのだろうか。そんなふうに思ってしまうほど、広々としたマンションの一室。

そのリビングで、ようやく彼は私の手首を離した。

「真凜、おいで」

「良之助さん？」

私を解放したあと、彼は私に向かって腕を広げる。

そんな彼を戸惑い気味で見つめると、目尻を下げて柔らかくほほ笑んだ。

「おいで、真凜。甘えさせてやる」

「良之助さん」

さぁ、と彼はもう一度両腕を広げる。

彼は、あのまま私を抱きしめることもできた。だけど、わざと一度解放したのは、私の意思で彼に飛び込めるか。それを問うているのだろう。

小さく頷く。そして、私は自らの意思で彼の腕の中に飛び込んだ。

キュッと彼の胸元のシャツを握りしめ、彼を見上げる。

彼は困惑めいた表情をしていた。自分が「おいで」と言ったのに、なんて表情をしているのだろう。

思わずクスクスと笑い声を上げてしまうと、彼はむきになって私を力強く抱きしめてきた。

「もう、離さないぞ？　それでもいいってことか？」

冗談に聞こえるように、わざとおちゃらけて言っているのだろう。私に無理強いしないようにしているのだ。

そんな彼の気持ちが伝わってきて、胸がキュゥッと締めつけられる。

「……甘えさせてくれるんでしょ？」

貴方が欲しい。貴方の気持ちに応えたい。私の気持ちが届くように、と懇願しながら見上げた。

「ありがとう、良之助さん。すごく心強かった」

「真凜」

「大好き」

背伸びをして、驚きに満ちた目をしている彼の唇にチュッと音を立ててキスをする。

すっごく恥ずかしい。だけど、私の今やりたかったこと、今言葉にしたかったことをすべて伝えたつもりだ。

目を見開いて固まっている良之助さんに、涙で滲む視界のまままめいっぱい口角を上げた。

「良之助さんが〝シスコン激ヤバ弟くん〟だと聞いて、頭が真っ白になった。だって、私はのどか先輩の弟が大嫌いだったもの」

「真凜」

「のどか先輩の天敵だって思っていた。それなのに、のどか先輩が全然怒らないから、私が代わりに怒っていたのよ。だけど、わかっていなかったのは私だった」

良之助さんが、どうしてそこまでしたのか。部外者の私は知らなかったからこそ、彼を嫌悪していた。

でも、彼の過去を聞いたからわかる。のどか先輩がどうして良之助さんにされるままになっていたのかを。

眉目秀麗すぎて近寄り難いと思ってしまうけど、本当はとても優しい人だってことも。

クールな仮面の下は、実は感激屋でかわいらしい一面があることも。

人の気持ちに寄り添ってくれる、懐の大きな男の人だってことも。

私は、彼と触れ合ってそれを知ったのだ。

過去の庇護欲の塊《かたまり》だったシスコン〝りょうちゃん〟の顔は、彼の中のほんの少しだけ。

その欠点をも消えてなくなってしまうほど、犀川良之助という男性は魅力的で素敵な人だ。

「良之助さんの格好いいところも、格好悪いところも。全部好き……好きになっちゃったよ」

一生懸命背伸びをして、両手で彼の頬を包み込む。視線が交じり合って、胸が熱くなる。

「責任取って、私を甘やかしてくれますか？」

最初こそ呆然として私を見つめていた良之助さんだったが、急に私を抱き上げてきた。

驚く暇も与えられず、彼によってソファーに押し倒される。

私の腰を跨ぎ、見下ろしてくる彼の目が柔らかく弧を描く。

「真凜は、いつも誰かのために考えて動いている」

「良之助さん？」

愛おしい。そんな感情を隠しもせず、彼は私の頬をゆっくりとその大きな手で撫でてくる。

「あの夜も、君は俺を癒やして甘やかしてくれた。心穏やかになったのと同時に、真凜を絶対に手放してはいけないと思った」

「え？」

「俺の予感は的中。もう、俺は真凜なしじゃ生きていけない。会うたびに好きになるなんて思いもしなかった」

　息が止まるかと思った。

　自分の鼓動で彼の声が聞こえなくなるのは困る。そんな心配をするほどドキドキしている。

　慈しみを感じる彼の指は、私の目尻に溜まっていた涙を拭ってくれた。

「今は、お母さん代理でも、双子のお姉ちゃんでもない。君が好きで好きで仕方がないと公言している男を前にした、ただのかわいい女だ」

　彼はゆっくりと距離を縮め、ギュッと抱きしめてくる。

「俺に甘えろ、真凜」

　耳元で囁く彼の声には、甘さも情熱も全部含まれていた。彼の名前を幾度も呼ぶ私の頭を撫でながら、彼は真摯な声で言う。

「真凜。俺はお前をめいっぱい甘えさせてやりたいんだ」

「良之助さん」

「愛している。真凜。俺を選んでくれてありがとう」

涙がポロポロ零れ落ちて止まらない。私は彼の背中に手を回して、ギュッと抱きつく。

そして、私が抱いていたもう一つの不安を打ち明ける。

「実は、のどか先輩の弟だってこと以外にも少し不安だったことがあるの。始まりが始まりだったでしょ？　良之助さん、優しいから同情とか責任から私と付き合おうって言ってくれたのかと思って……」

「はぁ!?　そんなわけあるか！　俺の必死さが伝わらなかったか？」

彼は、心外だと言わんばかりに抗議してきた。そんな彼に、私は泣き笑いをする。

「今は伝わっているから大丈夫よ」

ホッと胸を撫で下ろしている彼を見ながら、涙を手の甲で拭き取る。

「私……、良之助さんが好き。ちょっと引くぐらい家族思いだけど、貴方がとっても優しい人だってわかってるよ」

「真凜」

「それに……私は、良之助さんを甘えさせてあげたいよ。良之助さんも甘え下手でしょ？」

へへ、と笑いながら言うと、良之助さんは顔をクシャッと歪めながら困ったように眉尻を下げた。

「今夜は、真凜を甘やかすためにここに連れてきたんだけどな」

ため息交じりでそう早口で呟いたあと、彼は頬ずりをしてくる。

じゃれ合いながら、幸せで楽しくて嬉しくて、お互いクスクスと笑い合う。

なかなか人に弱みを見せられない私たちだが、ようやく背中を預けられる相手に巡り合えた。

「真凜が好きだ。大好きだ。何回言っても足りないぐらい」

擽ったくて目を細めていると、そこに彼の唇が触れる。ポッと赤みが増すと、彼はその反応を嬉しそうに目尻に皺を寄せて見つめてきた。

「真凜。姉さんに聞いたか？」

「え？」

瞬きを繰り返していると、低く甘ったるい声で囁いてきた。

「犀川の男は、恐ろしいぐらいに一途だ。一生、真凜を愛し続けるから覚悟しておけよ」

「良之助さん」

愛の告白にドキドキしていた私だが、そのあと彼によって付け加えられた言葉を聞いて顔を引きつらせる。

「俺の重い愛は、今後すべて真凜に注ぎ続けるからな。返品不可でよろしく頼む」

返品を考えるような事態に陥ってしまうのか。

ギョッと目を見開いた私だったが、彼の情熱的な眼差しにノックダウンだ。

ウットリと熱のこもった目で彼を見つめたあと、ゆっくりと目を閉じる。

そうしてキスをねだると、良之助さんが息を呑んだのがわかった。

ドキドキして彼の唇が触れてくれるのを待つ。

「真凜……」

掠れた声がすごくセクシーで、胸の鼓動はどんどん速くなっていく。

優しい手つきで彼が私の頬を撫でてきたあと——。

「っ……ぁ……んんっ」

激しく情熱的に、彼は私の唇を貪ってきた。

何度も角度を変えながら、「もう、離さない」と囁いてくる。

それが嬉しくて、涙が出てしまいそうだ。

――私だって、もう良之助さんから離れない。

口づけに応えながら、彼に気持ちを伝え続ける。

「真凜のすべてが欲しい」

真摯な目を向けてくる良之助さんに、私は頷く。

「うん。全部あげる」

そう言ってほほ笑むと、彼は男らしい笑みを浮かべた。そして――。

そのまま美味しくいただかれてしまったのだった。

エピローグ

麗《うら》らかな春の日差しが眩しい良き日。新婦控え室の窓から澄み渡った青空を見上げる。

純白のドレスを纏い、準備万端の私は結婚までの道のりを思い出していた。

プロポーズの場所やタイミングは、人それぞれだ。明らかなプロポーズがなくて、なんとなく結婚に向かう人だっていると思う。

ちなみに、私が良之助さんにプロポーズされたのは、彼のお姉さんであるのどか先輩と私の従兄である隼人くんの結婚披露宴真っ最中だった。

花嫁の父以上に感動して号泣する良之助さんだったが、私が渡したタオルハンカチで涙を拭ったあとに私を真摯な目で見つめてきたのだ。

どんな話を切り出してくるのか、と身構えていたのだが、「姉さんが幸せそうでよかった」といった内容だったから、身体の力を抜いたのだが……。

気を抜いた瞬間、彼は急に私の手を握りしめてきたのだ。

「真凜も幸せにしたい。今日の姉さんみたいに。俺が絶対に幸せにする。約束する」

ちょうど新郎新婦がお色直しで中座しようとしていたが、そんな二人を見る余裕は私にはなかった。

まさかこのタイミングでプロポーズをしてくるなんて思っていなかった。不意打ちもいいところだ。

嬉しくて涙がポタポタと膝に落ちていく。どんな表情で彼がプロポーズしてくれているのか見たいのに、涙が止まらない。

それなのに、良之助さんは私に「こっちを向いて」なんて無理難題を言い出すものだから、困ってしまった。

「泣いている顔、見たい」

「いや、無理だから」

「俺のも散々見ただろう？　見せろよ。真凜の涙も全部、俺のモノにするんだから」

そんな強気な言葉を言われても、なかなか顔を上げない。そんな私に焦れたのか。

彼は私の肩を抱き寄せてキスをしてきたのだ。

「真凜、返事して？」

そんなふうに甘く囁いてくる彼に、私は「はい」と頷いていた。

それで終われれば、まだよかった。

だが、相手は〝あの〟犀川良之助だ。ただで済むわけがなかった。

誰も気づいていないと思っていたのに、良之助さんのご両親にうちのお父さん、そして隼人くんのご両親——私から見て叔母夫婦——に現場を押さえられていたのである。

「みんな、真凜の返事を聞いていたからな。結婚は白紙なんて言えないぞ？」

ニッと笑う犀川良之助は、やっぱり激ヤバ弟くんだった。

そんな衝撃的というか、後にはひけないプロポーズをされ、とんとん拍子に結婚に向けて走り出した私たち。

そう、歩き出したのではない。走り出したのだ。すごいスピードで、今日の良き日を迎えたのである。

プロポーズをされて半年後には、結婚式を挙げる準備を整えてしまったのだ。

策略を巡らせたプロポーズをされたときには、「早まったかな？」と断ろうかと思ったことはいつか笑い話になるだろうか。

「そもそも、そんな外堀埋めなくたってＯＫするのにねぇ」

未だに私からの愛を疑っている旦那様に、一度言い聞かせなくてはならないだろう。

そんなことを思っていると、トントンと控えめなノックの音が聞こえる。

どうぞ、と声をかけると、のどか先輩が控え室に入ってきた。

お父さんに挨拶をしたあと、私に向き直り頬を赤らめる。

「うわぁぁ！　真凜ちゃん。とっても素敵よ。かわいい。すっごくかわいい！」

「ありがとうございます」

のどか先輩がウェディングドレス姿の私を見て、携帯で写真を撮りまくり始めた。

何でも良之助さんに頼まれているのだとか。

「カメラマンだけじゃ足りない。俺が見ることができない真凜をたくさん写真に収めてくれ」とお願いされたようだ。

まったく、愛が重い。だけど、その重みが癖になるなんて、すっかり私は犀川良之助に毒されている証拠だろうか。

「先輩。あんまり動き回らないでください。隼人くんに叱られますよ？」

「う、うん。そうだね。自重します」

先日妊娠がわかったばかりで、今までものどか先輩に対して過保護だった隼人くんは、ますます過保護に磨きをかけているようだ。

大人しくしていて！　と懇願する彼が簡単に想像できる。

どちらの旦那様も、妻を愛しすぎているのだ。そういうところは良之助さんと隼人くん二人の共通点なのかもしれない。

「花嫁様、そろそろ式場へ」

結婚式場のスタッフから声をかけられ、私は重いドレスを「よいしょ」と持ちながら腰を上げる。

「はい。じゃあ、お父さん行こう……。って、大丈夫？」

お父さんは、ずっと朝から泣きっぱなしだ。バージンロードを歩くのは無理かもしれない、と心配になるほど号泣している。

そんなお父さんを見て、卓史が「俺が代わりに姉ちゃんエスコートしようか？」と心配そうに言っていたが、それをお父さんは断固拒否していた。

だけど、本気で卓史にお願いした方がいいかもしれない。

「お父さん」

椅子に座ってうつむいていたお父さんに近づくと、鼻を真っ赤にしながらすっくと立ち上がった。

「もう大丈夫だ。行くぞ」

「うん……」

お父さんの背中を見つめながら、ゆっくりとチャペルの入り口まで歩いていく。

式場のスタッフがインカムを使って小声で指示を出している。

お父さんが私に向かって腕を差し出してきた。

「ほら、真凜」

「うん」

こんなふうにお父さんと腕を組むなんて、何年ぶりだろうか。子どもの頃以来かもしれない。

ふわふわした気持ちでお父さんの腕に手を添えると、彼は小さく呟いた。

「俺は良之助くんを信頼している」

「うん」

「だけどな。もし、見限りたくなる事態が起きたとき。迷うことはない。実家に戻ってこいよ」

洟をすすりながら、お父さんは扉を見つめたままでそんなことを言う。

感動で胸がジーンとしてしまい、泣きたくなってしまった。

だから、わざと明るい声を出す。

「縁起でもないこと言わないでよ。……でも、ありがとう」

「ああ」

「私、お父さんとお母さんの子どもでよかった」

「真凜」

「もし、私たちに子どもができたら。そんなふうに思ってもらえる親になりたいな」

スタッフが「入場します」と声をかけてきて、扉が開いた瞬間。お父さんは、はっきりとした声で言った。

「大丈夫だ。お前と良之助くんならなれるよ」

その言葉を聞いた瞬間、涙が零れそうになる。チャペルの中を見回し、バージンロードの先に良之助さんの姿を見つけた。

相変わらず王子様みたいで格好いい。今日のフロックコートなんて、似合いすぎて怖いぐらいだ。

お父さんにエスコートしてもらい、一歩一歩確かな足取りで彼に向かって歩いていく。

祭壇の前まで来ると、お父さんは「頼むよ、良之助くん」と彼の肩をポンポンと叩いて場を去って席についた。

その姿を横目で見つめていると、彼が手を差し出してくる。

迷うことなく彼の手を取り、私は彼の隣に立った。

「キレイだ、真凜。誰にも見せたくないぐらい」

耳元でそう囁くと、彼は神父様の方へと身体を向けた。

私をこんなにドキドキさせて、彼は一体どうするつもりだろう。

真っ赤に染まった頬はベールによって隠れているはずだ。そのことに安堵する。

賛美歌を歌い、神父様の聖書朗読があり、そして誓約をして指輪の交換をした。

「誓いのキスを」

神父様に言われ、良之助さんは私の顔を覆っているベールを上げた。

こうしてなんの遮りもなく視線を合わせたのは、今日は初めてだ。

ドキドキしすぎて、心臓が口から飛び出してしまいそう。だけど、私は前々から計画していたことがあるのだ。それを遂行《すいこう》しなければならない。

キスをしようと腰を屈める彼の胸元辺りに手を置き、それをストップさせる。

目を見開いて驚いている彼の肩に手を置いて、私は精一杯背伸びをした。そして、彼の耳元で誰にも聞かれないように小さく囁く。

「私の愛、疑っちゃダメよ？　良之助さんが考えているより、私は貴方が大好きよ」

背伸びをやめて、彼に向かって目を閉じる。

ほら、キスをして。そんな仕草をして、彼を煽る。

これは未だに私の愛を疑って心配になってしまう、かわいい彼へのちょっとした仕返しだ。

この唇は、貴方にだけ捧げるものよ、と。

目を瞑ってキスをせがんでいるために、彼の顔を見ることはできない。

だけど、小さく囁く声だけは聞こえた。

「俺は、もっと真凜が好きだ。……愛している」

熱がこもった声で言ったと思ったら、情熱的なキスをされてしまったのだ。

そのキスは、神父様が「そろそろストップしなさい」と窘《たしな》めてくるほど、長く甘い誓いのキスだった。

あとがき

ここまでお読みいただきましてありがとうございました。橘柚葉です。

さて、今作ですが、マーマレード文庫さまから出していただいた作品のスピンオフとなっております。

（もちろん、単品で読んでいただいてもわかるようになっておりますので、そのあたりはご安心くださいませ！　ただ両方読んでいただけると、より楽しんでいただけるかもです）

『極上彼氏と秘密の甘恋～出会ってすぐに溺愛されています～』をお読みいただいたことがある読者さまは、すぐに今回の主役たちを見てピンときたはずです。

そうです。あの〝良ちゃん〟がヒーローとして返り咲きいたしました（祝）

「あのシスコン弟が主人公だなんて……！」と思われた読者さまも多いと思われます。

なかなかキャラ強めですものね。なんと言っても〝激ヤバシスコン弟〟（真凜命名）ですからね（笑）

そんな濃いキャラである良之助と真凛を書かせてくださった、マーマレード文庫さまの懐の広さに感謝しております。ありがとうございます。

どうして脇役二人が主役を張ったお話を書いたかと申しますと、ここぞとばかりに振り切ったキャラを久しぶりに書きたくなったという理由もございますが、『極上彼氏と秘密の甘恋～』で書くことができなかった良之助の胸中をどうしても書きたかったからなんです。

単なるシスコンじゃないんだぞ、というところを皆さんに知ってもらいたかった！

これで良之助の男っぷりが上がっていればいいのですが……。

良之助と真凛の恋の全貌を楽しんでいただけていましたら幸いです。

表紙イラストは、『極上彼氏と秘密の甘恋～』に続き、夜咲こん先生に手がけていただきました。(先生には、マーマレード文庫『懐妊一夜で極秘出産したのに、シークレットベビーごと娶られました』も手がけていただいております。ベビーちゃんが、めちゃくちゃかわいいのです。ぜひ、チェックしてみてくださいね)

良之助と真凛をものすごく魅力的に描いていただけて、本当に嬉しかったです。

良之助、かっこいい！　真凛、かわいい！　ありがとうございました。

こうして皆さまに作品をお届けできるのも、マーマレード文庫さま、並びに編集部、担当さまなどなど。たくさんの方に支えていただいたおかげでございます。

なにより、私の作品を手に取ってくださっている読者さまがいらっしゃるからこそ、書かせていただけております。感謝でいっぱいです。ありがとうございます。

また、何かの折にお会いできることを楽しみにしております。

橘柚葉

m a r m a l a d e b u n k o

一夜のはずが、ママも赤ちゃんも
永遠に溺愛されて……！

ISBN 978-4-596-31969-2

懐妊一夜で極秘出産したのに、シークレットベビーごと娶られました

橘 柚葉

容姿も仕事も完璧なCEO・氷雨の秘書である楓香は、密かに彼に恋をしていた。だが、ある事情で彼から離れる決心をした夜、強い瞳の氷雨に抱きしめられ、甘い一夜に蕩ける。その後、なんと妊娠が発覚!?楓香は会社を辞め連絡を絶ち、秘密で子どもを産み育てることに。ところが、あるパーティーでなぜか氷雨に見つかり「君を捕まえる」と熱いキスをされ!?

甘くてほろ苦い。キュンとする恋♥　マーマレード文庫　定価 本体620円 + 税

m a r m a l a d e b u n k o

蜜夜を共にしたのは、
天敵エリート同期!?

ISBN 978-4-596-01360-6

一夜限りのはずが、クールな帝王の熱烈求愛が始まりました

橘 柚葉

大手化粧品会社に勤める結愛は、初恋を拗らせ恋愛に後ろ向き。だが、マーケティング部の帝王と呼ばれるエリートの亮磨と、ひょんなことから熱く甘い一夜を過ごしてしまう！平静を装う結愛に、亮磨は蕩けるような声と瞳で「俺だけを見ていればいい」と迫り、甘やかしてくる。そんな亮磨に惹かれていく結愛は、彼のため初恋にけじめをつけると決めて!?

甘くてほろ苦い。キュンとする恋♥　マーマレード文庫　定価 本体620円 + 税

ファンレターの宛先

マーマレード文庫をお買い上げいただきありがとうございます。
この作品を読んでのご意見・ご感想をお聞かせください。

宛先 〒100-0004 東京都千代田区大手町 1-5-1
大手町ファーストスクエア イーストタワー 19 階
株式会社ハーパーコリンズ·ジャパン マーマレード文庫編集部
橘 柚葉先生

マーマレード文庫特製壁紙プレゼント!

読者アンケートにお答えいただいた方全員に、表紙イラストの
特製 PC 用・スマートフォン用壁紙をプレゼントします。

詳細はマーマレード文庫サイトをご覧ください!!
公式サイト
@marmaladebunko
twitter もチェック!

マーマレード文庫

スパダリ御曹司の一途な策略婚

～甘すぎる秘夜からずっと寵愛されています～

2022年11月15日　第1刷発行　定価はカバーに表示してあります

著者　橘 柚葉　©YUZUHA TACHIBANA 2022
発行人　鈴木幸辰
発行所　株式会社ハーパーコリンズ・ジャパン
東京都千代田区大手町1-5-1
電話　03-6269-2883（営業）
0570-008091（読者サービス係）
印刷・製本　中央精版印刷株式会社

Printed in Japan ©K.K. HarperCollins Japan 2022
ISBN-978-4-596-75551-3

m a r m a l a d e b u n k o